新版

狭い道

家族と仕事と愛すること

山尾三省

野草社

母、山尾糸江と、妻、順子にこの書を捧げる

目次

本書は一九八二年、野草社より刊行された単行本（原題は『狭い道——子供達に与える詩』）の新版です。原則として旧版の原文をそのまま収録しましたが、明らかな誤字を直し、一部にルビを加えました。なお、本文中の〔 〕内は編集部による註です。

狭い道

家族と仕事と愛すること

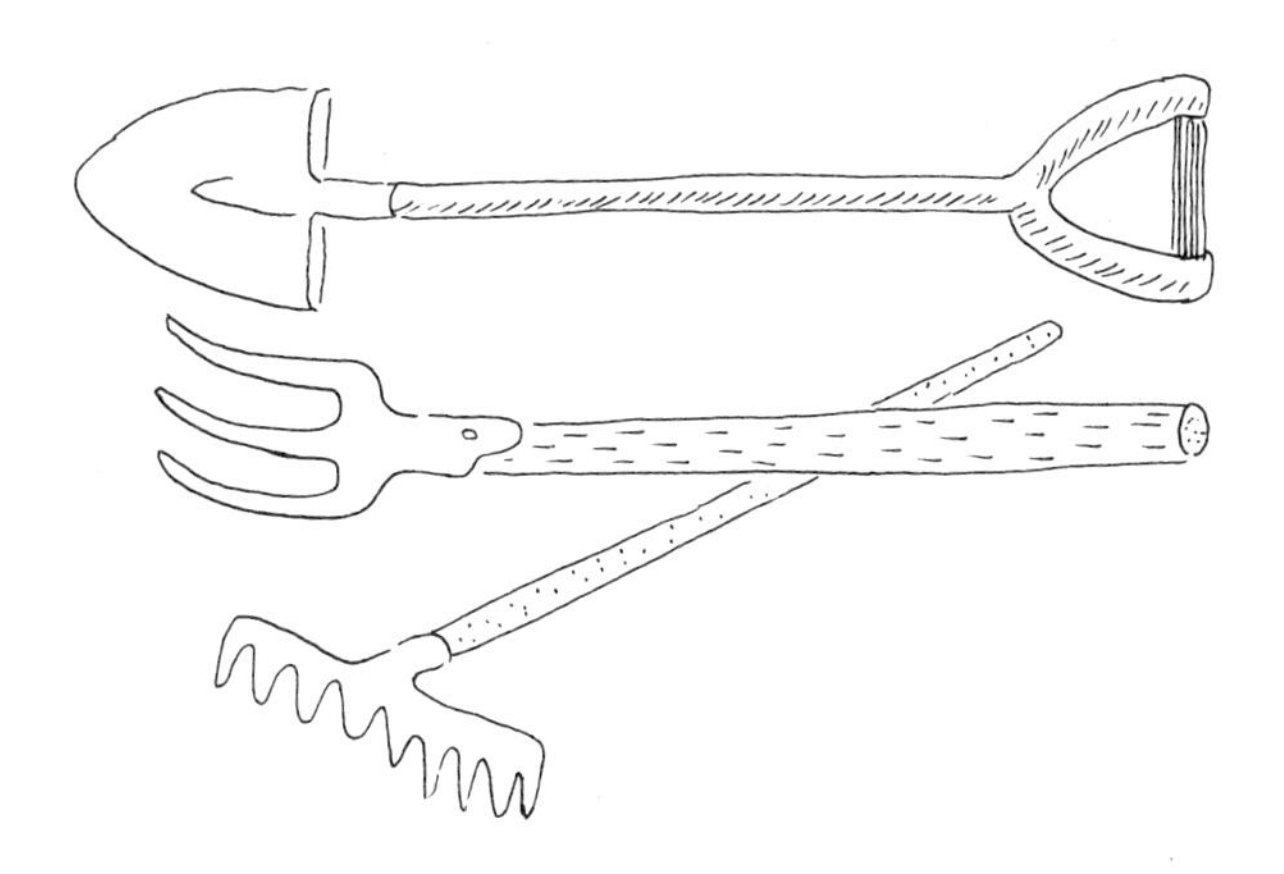

子供達へ

ある晩、僕は机に向かい、芋焼酎のお湯割りを飲みながら、次のような詩を書いた。

子供達へ

やがて十七歳になる太郎
お前の内にはひとつの泪（なみだ）の湖がある
その湖は　銀色に輝いている

十三歳の次郎

お前の内にもひとつの泪の湖がある
その湖は　金色に輝いている

八歳になったラーマ
お前の内にもひとつの泪の湖がある
その湖は　神の記憶を宿している

やがて九歳になるヨガ
お前の内にはひとつの泪の湖がある
その湖は　宇宙のごとく青く暗い

六歳のラーガ
お前の内にもひとつの泪の湖がある
その湖は　自己というものを持たない

子供達よ

困難に耐えてすくすくと育ち
お前たちの内なる　泪の湖に至れ

今、太郎は十八歳、高校二年。次郎は十四歳で中学一年。ラーマは九歳で小学四年。ヨガは十歳で小学五年。ラーガは八歳で小学二年。

この詩を書いたのは、一昨年の二月の寒い夜だった。北西の海風が、ちょうど今晩と同じようにごおごおと吹いていて、山の中の僕達の家を震わせていた。今晩と同じように、時々霰（あられ）が屋根を打っていたかも知れない。

屋久島の一湊白川山（いっそうしらこやま）という場所は南の島とは言え、北西の海に向かっている山の中の部落で、背後の奥岳は九州でも一番高い八重岳連峰である。冬になるとちょうど裏日本気候のようで、毎日曇り空が続き、時には霰が降り雪さえも降る。前岳と呼ばれる白川山のすぐ後ろの低い山々には、毎年二月になると雪が積もり、これが南の島かと思わせる。

ここは南の、北の部落なのだ。冬になれば後ろの山々は雪化粧して、北西の風がごおごおと吹き、魂も凍りそうに寒い。

一昨年の二月の夜に、島の芋焼酎のお湯割りを飲みながら、この詩を書いてから、もう一年と十一ヶ月が過ぎた。今日は、一九八二年（昭和五十七年）の一月十二日で、この詩を書いた時にはまだ生まれていず、生まれてくる予定もなかった道人が、もうそろそろ満一歳になって、この家の中にいる。だからもし今晩、僕が同じ題で同じ詩を書くなら、最後に「いまだ零歳の道人、お前の内にもひとつの泪の湖がある」と歌わねばならなかったことだろう。けれども今晩、僕はそんな詩は歌わない。いまだ零歳の道人は、その内に泪の湖がなく、神の微笑のみがまだかすかに残されている。

今晩、僕は、六人目の子供の道人と僕のためにひとつの詩を歌う。

道人と

歩けるようになった道人と　お風呂に入った
一歩二歩
五歩十歩十三歩
道人はこのところ毎日歩く新記録を出している
次郎が　島内競技会でもらった新記録のメダルを

その首にかけてあげている
銀色に輝く　新記録の大切なメダルである……
道人と一緒にお風呂に入った
薬草の香りが高く香るゴエモン風呂である
僕はまたもやギックリ腰で
腰をいたわりながら
道人を抱いて　暖かく熱いお風呂につかった
眼をつぶってじっと二人でお湯につかっていると
胸の内に
「本当に楽しい仕事をしなければならない」
という思いがしみこんできた
その通りだ
と眼をつぶったまま僕は答えた

仕事について

今年のお正月には、例年とほぼ同じか少し多い目の、厚さにして二センチ半ほどの年賀状が届いた。島内の知人友人からのものも少なくなかったが、大半は島外の、日本全国あちこちに住んでいる友達からのものであり、中でもやはり東京の、親弟妹(きょうだい)をはじめ友達からのものが多かった。

中に、隣り島と呼んでもいい、トカラ列島の諏訪之瀬島に住んでいるジョーからのものがあった。ジョーは毎年くれるし、僕も毎年必ず出した。ジョーの年賀状には、

「孤独」

という文字が葉書の中央に墨で書かれてあるだけだった。左端に昭和五十七年元旦、と小さく書かれてあった。僕はその年賀状を見て心を打たれた。鋭く悲しい光を受けた。しかし、それだけではなかった。

「孤独」

　というその文字の奥には、他のすべての年賀状と同じく、お正月のめでたい感じが見事に書きこまれてあった。諏訪之瀬島に住んでいる人達からは、毎年とてもいい年賀状をもらう。昨年だったか一昨年だったかには、ナンダこと秋庭健二から、

「もっと深く、もっとやさしく」

　という年賀状をもらった。それをもらった時、僕はあやうく涙がこぼれそうだった。ナンダの孤独が葉書の奥深くに光っていたからである。ナーガこと長沢哲夫は決して年賀状を寄越さない。僕は毎年必ず出すが、ナーガは必ず寄越さない。寄越さないのがナーガの年賀状で、ああ今年もナーガはナーガだなと僕は思う。ゲタオこと高山英夫は、毎年葉書いっぱいの大きな太い字で、

「今年もよろしく」

　とか、

「元気でやろう」

　と書いて寄越す。ゲタオの太い大きな字の背後にも孤独の光がある。それは元気いっぱいの孤独である。ジョー、ナンダ、ナーガ、ゲタオ。彼らと知り合った頃は、四人ともまだ独身で、僕だけが結婚しており子持ちだった。今ではジョーは一人、ナンダは三人、ナーガは二人、そ

してゲタオは四人の子持ちになった。
諏訪之瀬島は、屋久島よりはるかに小さく、人口も全島で五十人ばかりしかいない、東シナ海海上の本当の離島である。船便は週に一度か二度しか来ず、シケが続けば、二週間も三週間も船は来ない。活火山島であり、全島に竹が生い繁っている島である。

「孤独」

と書かれたジョーの年賀状を見た時、鋭いものが僕の胸の内を走った。それはかつて小林秀雄が「モオツァルトのかなしさは疾走する。涙は追いつけない」と書いたのを読んだ時の、深い共振にそっくりのものだった。

ごおごおと吹き渡る北西風の中で、じっとシケの海を見ている、ジョーこと加藤賢秀の姿が、目の前の人のように見えてきた。すさまじいばかりの竹林の鳴る音を聴きながら、鍬を握っているジョーの姿、朝早くから日が暮れ切るまで絶えまなく働きつづけているジョーの姿が眼に浮かんだ。夜になって、眼に入れても痛くない愛娘（まなむすめ）の安由知（あゆち）を寝かせつけ、疲れ切った体を押してしゃんと机に向かい、ラーマクリシュナの不滅の言葉（ユタムリト）を読み返しているジョーの姿が眼に浮かんだ。

ジョー達が住んでいる竹林の台地は、掘っても掘っても真っ黒な火山灰の畑で、竹の根の他には腐葉土などはひとかけらもない土地である。雨が降ると、その雨は一日の内に五十メートルも沈下して行き、同時にかけがえのない肥料分を共に奪って行く。

何年か前に僕は二日だけジョーの大根畑を手伝ったことがある。ジョーは畑を七十センチか八十センチの深さまで掘り下げるのだった。もちろんトレンチャーなんていうウネ掘り専用の機械を使うわけではない。スコップと鍬だけで、ひとウネひとウネ丁寧に、より深くより広く掘り下げて行くのである。腰どころか胸まで入りそうな深さである。ひとウネ掘りあげると、そこに鶏糞その他の有機質の堆肥を驚くほどどっさりと入れる。その上に土を戻し、その上に大根の種を一粒一粒まくのだった。せいぜい三十坪（一アール）ばかりの大根畑であるが、二人でやって一日の仕事で終わらなかった。その時僕が感じたのは、それは確かに百姓仕事としての大根畑作りではあるが、百姓仕事をはるかに越えた「行」としての行為であり、そしてそれこそはまさに本当の百姓仕事なのだ、ということだった。ジョーの話によれば、そうやって収穫期には六十センチもある大根を作るのだという。大根を作って出荷するわけではない。お米が出来ない諏訪之瀬では、せめて野菜類くらいは自給せねばならぬので、そうやって大根を作り、人参を作り、白菜やキャベツやレタスを作り、玉ねぎを作り、トマト、キュウリ、カボチャ、西瓜やメロンを作り、自分達で食べ切れない分は島内の他の人達に分けてあげて、生活するのだ。

僕も屋久島に来てそろそろ五年になり、何回となく大根も作ってきたが、いまだかつてジョーの大根畑ほど深いウネを切ったことがないし、ジョーが言っていた程の見事な大根を収穫したこともない。大根畑のウネを切りながらいつも思うのは、ジョーの畑ほど深くはないな、ということであり、僕は僕の深さでしかやれない、ということだった。また、ジョーの畑ほどの肥料を入れたこともない。屋久島の土地も決してよい土ではないが、諏訪之瀬の土に比べれば、何倍も上等である。少なくとも表面には腐葉土があるし、いったん施した肥料は火山灰地とちがってそう簡単には地下に去って行きはしない。けれどもそのせいで肥料が少なくて済むものではない。やはり、たっぷりと肥料を入れたい気持ちは山々である。たっぷりと肥料を入れて、見事な大根を作りたいと思う。ところがそれが出来ない。ウネは浅いし、肥料はそこそこで、せいぜい四十センチの大根が出来れば、それでよしとしている。

大根だけでなく、仕事の取り組みがすべてにおいてジョーは深く周到で、僕は浅く投げやりである。自然農法の名を借りて、出来るものが出来ればそれでいいや、と思ってしまう。

ジョーと知り合って、もう十年近くなる。学生時代のジョーはヨットマンで、あるクラスの全日本学生選手権レースで三位に入ったそうである。

「も少し風がよければ優勝していたんだが」

とジョーは言っていた。

ヨットマンだったジョーがどんな経緯で旅の人になったのか、その理由はきいたことがない。僕が彼に出会ったのは、彼が長いインド・ネパールの旅から帰って間もなくの頃だった。ジョーはまだインドやネパールの匂いを色濃く体につけていた。特にネパールの匂いが強かった。今でこそインド・ネパールの旅はツアーにさえなっているが、その頃はまだほんの一握りの若者が命がけでその地に旅立った時だった。インド・ネパールそしてチベット文化圏に行きたいと強く憧れていた僕は、ジョーに会ってたくさんのインド・ネパールの話を聞かせてもらった。

僕に最初にインド熱を吹きこんだナーガは、日本に帰ってくるとまもなく諏訪之瀬島に行ってしまい、東京にはいなかった。僕に初めてネパールの「涙の出るような平和」を語ってくれたゴリは、再びインドへ旅立ちラジギールの日本山妙法寺で出家し、増永上人になってしまっていた。ナーガがクリシュナのインドを語り、増永上人がネパールのヒマラヤを語ってくれてから、僕もどうしてもそこへ行かなくてはならない、と思っていた。しかしすでに三人の子持ちだった僕は、そう簡単には外国へ出ることが出来なかった。行くとすれば、家族で行きたかったし、放浪者としてではなく巡礼者として最低一年は滞在したかった。

東京の五日市の、谷間の部落の古い大きな雨漏りだらけの家で、ジョーは次から次へとインドとネパールの話を語って聞かせてくれた。ジョーは話が実に上手だった。ジョーの話を聞いていると、まだ見ぬその地を目の前にしている感じがして、胸が踊った。

　ジョーのインド・ネパールの旅は、ただの旅ではなかった。インドに入国して間もなく、パスポートと現金をそっくり盗まれてしまった。普通の人なら大使館に泣きついてパスポート再発行、日本の両親からの送金という方法をとるか、そのまま強制送還で帰国というケースである。ジョーはパスポートもお金もないままで、以後二年近くインドとネパールを歩きまわったのである。カルカッタのあの壮絶な乞食の群れの中に、ジョーは何ヶ月もいた。ネパールに密入国して乞食のままスワヤンブナートで暮らした。スワヤンブナートでやっと探していた師に出会い、その師と共に生活し、朝も昼も夜も、生きている生々しい仏教の勉強をした。その人はスワヤンブナート寺院の非常に高位の僧であり、ネパール全土でも深い悟境に入った三人か五人の僧の内の一人として知られていたが、寺を棄て一人の放浪僧になって、うす汚ない小屋に住んでいたという。ジョーがその師の話をする時に、僕はぞくぞくする程の興奮を覚え、一日も早くネパールに行き、その人に会いたいと願ったものだった。ジョーは、その人の黄ばんだ写真を、大切そうに取り出して見せてくれた。一度だけ名前を教えてくれたが、僕が忘れてしまうと二度とは教えてくれなかった。日本で言えば良寛さんのようなお坊さんであろうか。穏やかな、少し淋しい表情の人だった。ジョーはその人を師（グル）と呼び、グルがこういうことを言った、グルがこういうことをしたと話してくれる時には、父親の名を呼ぶような懐かしさと尊敬がその呼び名にこめられていた。

　二年近いジョーの旅は、結局その人に出会い、その人の悟りを戴くための旅だった。ジョーはその人に徹底的に鍛えられ、放浪の目的を果たして日本に帰ってきた。ナーガはインドに詩の究極を観て帰ってきたし、ゴリは結局その地で出家して僧になった。ジョーは、高名とは言え無名の乞食僧となった人の悟りを身につけて帰ってきたのだった。僕にはジョーがまぶしく、まぶしい以上に、恐ろしい旅をしてきた人と思えた。ジョーの悟りの中身を知る由もないが、僕の受け止めた所によれば、それは、

「やさしさに徹すること」

だったと思う。自分を無にして相手になり切ることだったと思う。もちろんそんなことを、ジョーが自分で言ったわけではない。ジョーはただ旅の話をし、グルの話をしてくれるだけだった。その話の中に、言葉ではないジョーの悟りが自然ににじみ出ていた。

　ジョーに出会ったことで、僕のインド・ネパールの旅は決定的に現実の日程になってきた。行かねばならぬから、行くに変わった。

　僕が初めてジョーに会った頃、この人は誰かに似ているとしきりに考えたことがあった。大きな眼を伏せがちにして、話の途中で不意に沈黙しじっと物想いしているかのような姿を、いつかどこかで知っていた筈だった。

ある時、机の中を整理していると、学生の頃に雑誌のグラビアから切り抜いた、モーツァルトの写真が出てきた。モーツァルトのファンなら誰でもよく知っている、うつむいて遥かな深みを眺めているかのような、あの写真である。学生時代から大好きだったその写真を、久し振りに眺めた時、僕は、

「あッ」

と声にはならず叫んだ。

それがジョーだった。大きな眼を伏せて、遥かな深みをじっと眺めているその人こそ、逆にジョーだったのである。


ジョーもまもなく東京を去って、諏訪之瀬島に行ってしまった。その時ジョーは僕に一冊の大学ノートを託して行った。

「俺にはもうこんなものは要らなくなったので、サンセイにあげるよ」

とジョーは言った。

表紙にはひらがなでただ「しん」とだけ題してあった。僕は今でもそのノートを大切に保存している。その中身は、ジョーがインド・ネパール放浪の果てに得た認識を書き記したものである。このノートは一大構想のもとに書き初められたものだが、三十頁ばかり書かれただけで

未完に終わっている。僕としては出来ればこの論文の全文を書き写したいのであるが、ここでは簡単にその内容を紹介しておくにとどめる。

ジョーによると、宇宙という存在は宇宙内存在である人間に対して、相対的にエネルギー的に見てプラスの存在としてある。人間はエネルギー的に見て常に宇宙に対してマイナスの存在としてしか在り得ない。この存在事実というか存在様式が人間の宿命である。しかし、この存在様式が続く以上は、人間は宇宙と調和することが出来ない。どうすれば人間の永遠の願いである宇宙との合一、宇宙との調和を実現することが出来るかというと、自己をプラスと意志し、外なる空間をマイナスと意志することによってである。エネルギー的に見て、外なる空間＝宇宙はプラスの存在であり、人間はマイナスの存在であるが、それを意志の力により、自己をプラスの存在とし、外なる空間をマイナスと見なすのである。そのことにより自己と宇宙の関係を調和体に昇華させるのである。本来マイナス存在である人間が、自己をプラスと意識して外なる空間にエネルギーを投入する時、その人間はますますマイナスになってしまうではないか、という疑問に対して、ジョーは、そうではなくて、人間がエネルギー的にマイナスになればなるほど本来プラスの宇宙からエネルギーは限りなく流入してきて、結果的には調和される、と言っている。

石川啄木がかつて、

はたらけど
はたらけど猶(なほ)わが生活(くらし)楽にならざり
ぢつと手を見る

という歌を詠んだ。この歌には、この世の事実が見事に表現されている。働けど働けど、ということは、外なる空間をマイナスと見なす意志の力の持続である。その持続によって人は、生活(くらし)を立て、生計を立てる。けれども時に人は疲れ、我が生活(くらし)が楽にならぬことを知ってじっと手を見るのである。けれどもジョーの認識は違う。働けば働くほどエネルギーは流入しつづけてきて、絶えることがない。

僕達の学生時代は実存主義の全盛時代で、僕などはマージャンをしていてもそれを実存マージャンと名づけ、デモに行ってもそれを実存デモと名づけ、喫茶店に行くこともたまたま授業に出ることも実存であった。アルベール・カミュの著作に『シジフォスの神話』というのがあって、神より不死の刑罰を受けたシジフォスの物語が、この世の不条理の実相として描き出されていた。シジフォスは不死の刑を受けた上に、身に余る大石を山のふもとから山の上までかつぎ上げる仕事をしなくてはならない。渾身の力を振りしぼって山の上まで石を運ぶと、その石は神の力により再びごろごろ転がり落ちて行く。シジフォスは山を下ってまたその石をかつぎ上げるのである。不死の刑を受けたシジフォスは永遠に死ぬことが出来ず、永遠にその労働を続けなくてはならないのである。この宇宙内存在としての人間の在り様を、カミュは不条理の名で呼んだ。ジョーの言葉で言えば、エネルギー的に相対的にマイナス存在でしかあり得ない、人間の存在の事実である。

時代は移り、現在石川啄木の歌を愛する人はすっかり少なくなり、カミュの不条理の前に戦慄する人も少なくなった。働いてお金をもうけ、そのお金で人生を享受するという消費構造が社会的に定着し、労働の意味はほとんど問われなくなった。マルクスが「労働とはオレンジの木からオレンジの実をもぐような行為である」と言った地平は後退し、労働とはお金をかせぐための行為であるという地平が定着した。詳しいことは判らないが、百年前の日本には労働という言葉すらなかった筈である。その代わりに、働くという言葉があり、仕事という言葉があった。働くこと、仕事をすることと、労働との間には、確かに異なるものがある。仕事師という言葉がある。職人という言葉がある。百姓という言葉がある。これらの言葉は、それぞれの時代性の中で、それぞれの時代の苦しみを充分に荷った言葉ではあるが、それにしても労働や労働者という言葉にはない「自己性」をその内に蔵していると僕には思われる。サラリーマンという言葉と、職人という言葉を比べてみる時、サラリーマンには何の自己性もなく、職人にはそれがあることが感じられる。労働者という言葉がサラリーマンあるいは会社員という言葉に優雅に転化し、労働が拘束時間に転化していく中で、石川啄木の歌もカミュの不条理も社会的に重要な視点ではなくなっていった。労働はその報酬のためだけの拘束時間であるから、問題は報酬の額に移り、春闘が重要な社会問題となった。国鉄や私鉄のストに代表される春闘を、一方では批難しつつ、一方ではその結果もたらされる給与水準によって、社会的に収入を保証されているのが、この消費社会の構造である。

ジョーが脱け出そうと試み、僕も脱け出そうと試みたものは、そういう消費構造社会であったと思う。だからそれは、よく言われているように社会を逃避したのではなく、本来の自己自身を求めての旅立ちであったわけだ。その旅の方向が例えばインド・ネパールであり、離島に定住するという方向に進んだのは、意味のないことではない。インド・ネパールは共に多様で安定した信仰体系にその社会の基礎を持っており、その多様な信仰が社会的に支持されているので、その社会にあっては個人が自己性を保持出来るのである。西欧文明が、その基礎を合理性においているのに対して、インド・ネパール社会は、自己と神とのかかわりという非合理性の内にその基礎を持っている。もちろんインド・ネパール社会は経済的に貧しく、貧しさ故の悲惨と苦しみが充満しているが、その悲惨と苦しみは、自己と神とのかかわりという社会的に支持された価値観の中では、少なくとも旅人や巡礼者の眼には決定的な悲惨でも苦しみでもないのである。

自己を大切にする者にとっては、労働＝拘束時間、給料、消費という三つの柱からなる現代の日本の社会は、経済的な貧しさによってもたらされる悲惨や苦しみ以上の、耐え難い悲惨であり苦しみである。ナーガの眼が離島の中の離島である諏訪之瀬島に向き、ジョーの眼がやはり諏訪之瀬島に向いたのは、労働＝拘束時間、給料、消費という構造からなる社会ではなくて、自己が自己自身であり得る場を求めての旅の必然であった。諏訪之瀬島にそのような場が用意されてあったかどうかは判らないが、少なくともそこは、労働＝拘束時間、給料、消費が支配要因の社会ではなく、働き、収穫をあげ、食べるという行為が支配要因として生きている社会だった。

諏訪之瀬島には、当時商店というものは一軒もなく、警察官というものがおらず、郵便局さえなかった。現在は商店らしき店が一軒あるが、警察官も郵便局もやはり不在である。経済的な支配要素が少ないのと同じく、政治的な支配要素もひどくうすいのである。諏訪之瀬島に存在する公的機関は、平島小中学校諏訪之瀬島分校という学校だけであり、行政的なものは他には何一つない。ナンダこと秋庭健二がもう三期も島の区長を務めているが、それは行政機関ではなく、郵便請負人や警察官代理人と同じ私人の延長線上にある係（かかり）にすぎない。

人生を自己として選ぶか経済的な一般的な豊かさとして選ぶかという岐路に立って、ジョーもナーガもナンダもゲタオもその恋人たちと共に、当然自己の方を選んだのである。それはもちろん、経済的物質的豊かさの一切を拒否したということを意味してはいない。経済的物質的なものより、自己を深位のものとして、生活しはじめたことを意味しているのである。僕の考えによれば、自己性と経済性や物質性は区別されるべきものではなく、渾然一体となって社会を構成しているものだが、その中で、自己性とか魂とか霊とか、あるいは神と呼ばれる要素を、最重要の要素として意識しただけのことである。

「孤独」

と書かれたジョーの年賀状を読んだ時、僕の記憶の中からたちまち甦ってきたのは、十年以上前に書かれたジョーのノートのことだった。それは言わばカルマヨーガへの旅立ちの言葉であった。絶え間なく人間のプラスを意志し、絶え間なく外界をマイナスと意志して行くことは、現実には、絶え間なく外界に働きかけることを意味している。カルマヨーガとは、絶え間なく外界に働きかけること、その結果を問わないことであり、つまり仕事を通して自己成就に至ることである。人間が人間として出来ることは、だから自らをプラスと意志し、対象物へ限りなくエネルギーを注ぎ込むことである。そのためのエネルギーは、その対象物をも含めた外界から無限に注入されてくるのである。外界という言葉を、神という言葉に変えてみると、この関係はすっかり明瞭になる。初めてジョーのこの論文を読んだ時、僕はそう思った。働いても働いても、いや働けば働くほど、必要なエネルギーは神から与えられる。働くこと、働きかけること、仕事をすることこそ、神と一体になる方法なのだ、とジョーは言っているのだと思った。

それが愛であり、理性であるとジョーは言っているのだった。

　僕もそうだが、ジョーも東京生まれの人である。そして僕は屋久島に住み、ジョーはお隣と言っていい諏訪之瀬島に住んでいる。僕はそろそろ五年間屋久島に住んでいるが、ジョーはそろそろ十年も諏訪之瀬島に住んでいる。僕が屋久島に住み始めてから、一度だけジョーは奥さんのピーちゃんと娘の安由知（あゆち）を連れて、屋久島を訪ねてくれた。その時、ジョー達がうんと屋久島をほめてくれたので、順子が冗談に、

「あんな島に住むのはやめて、この島に移って来たら」

　と誘ったことがあった。すると即座にピーちゃんが、

「こんな島には住めないわよ」

　と答えた。

　仲のいいジョー一家と僕達一家の冗談のやりとりではあったが、ジョー一家にとっては諏訪之瀬島こそが住むに値する唯一の島であり、場であることが、僕には今さらながら強く感じられた一幕でもあった。

　鹿児島の南およそ百キロの地点に屋久島があり、南三百キロの地点に奄美大島がある。屋久島と奄美大島の間に、通称トカラ列島と呼ばれている島々が点在している。行政的には、十島（としま）村と呼ばれており、北から口之島、中之島、平島（たいら）、諏訪之瀬島、悪石島（あくせき）、小宝島、宝島と有人

島が点在する。かつては臥蛇(がじゃ)島や横当(よこあて)島にも人が住んでいたが、現在は無人島になっている。昔から海の人達が七島灘と呼んで恐れた荒海の中に浮かぶ小島群である。鹿児島港から週に一度か二度、十島廻りの村営船が出るが、海がシケれば当然欠航が続く。台風の時は元より、冬場の北西風が吹き荒れる季節は、週に一度、十日に一度、二週間に一度しか船の通わないことがある。

　鹿児島港を夜の九時に出航して一晩中走り、口之島、中之島、平島を経て、村営船十島丸（五百トン）が諏訪之瀬島に着くのはお昼過ぎ頃である。奄美や沖縄行きの豪華なカーフェリーに比べれば、まるで、大型漁船にしか見えない「十島丸」であるが、諏訪之瀬島の波止場にはそれでも接岸出来ない。「十島丸」は沖合二百メートルばかりの所に錨を下ろして、ボオボオと汽笛を鳴らす。すると待機していたエンジン付きのハシケが、ポンポンと煙突から煙の輪を吐きながら近づいて来て、やがて「十島丸」に接舷する。諏訪之瀬島で下船する人は多くて二、三人、人間は誰も降りず、荷下ろしの作業だけが行なわれることもしばしばである。

　波止場には二、三の小型漁船があるだけで、人家はない。急な崖がいきなり海に落ちていて家を建てるスペースがない。崖を斜めに切り開いた急な坂道を二、三百メートル登って行くと、小中学校の建物が見えてきて、ほっとする。人家がちらほら点在するようになる。畑もある。

　左手の奥に「御岳(おたけ)」と呼ばれている七百メートルばかりの赤褐色の山が、盛んに煙を噴き上げている。御岳の五、六合目以下は森林になっているが、人家の点在する辺りはほとんど竹林に覆われている。「十島丸」から見上げる島もいちめんの竹林の島である。諏訪之瀬の奥にはもちろん、照葉樹の原生林があるけども、ちょっと見ただけでは、島の全面が竹林で覆われているように見える。しんと静まりかえった、この世の果てのような島である。船が着いた直後こそ少しは人のあわただしさがあるが、船がボオボオと汽笛を鳴らして、悪石島へ向けて出てしまうと、体の底までしみとおるような、淋しい静かさがどっと押しよせてくる。これは同じ島ながら屋久島には決してない感覚である。諏訪之瀬島のどっと押し寄せてくる淋しい淋しい静かさに比べると、屋久島はまるで都会である。

黒い火山灰の道を歩いて行くと、竹林にまじってグミの木のブッシュや松の木やタブの木が目に入ってくるが、南の島らしい植生はほとんど見当たらない。バナナもなければガジュマルの木もなく、ハイビスカスもなければブーゲンビリアも咲いてはいない。竹林ばかりが茫々と広がり、時々その竹林を風が吹いてゆくばかりである。そしてこれが、諏訪之瀬島で人が住んでいる唯一の地域である。広大な台地のわずかな一画に人が住み、残りは島の人がマキバと呼んでいる放牧場になっている。マキバが尽きると御岳の森林地帯に入る。

ジョーの家は、そのマキバにほとんど境を接した、部落の一番奥の竹林の中にある。その家は、ジョーが自分で竹林を切り開いて整地し、山から原木を伐り出してきて、スミを入れて材とし、建てた家である。小さいながら頑丈な骨組みで、毎年必ずやってくる台風にもびくともしないように、造られている。ジョーはその家で、愛してやまない奥さんのピーちゃんと、目に入れても痛くないほどに可愛がっている、一人娘の安由知（あゆち）と三人で暮らしている。もう十年もそこに住んでいる。そこで、自己をプラスと意志し、外界をマイナスと意志する作業を、来る日も来る日も続けている。

かつて、トール・ヘイエルダールが南太平洋上の孤島、イースター島を探検した時に、島の人々が自分達の島を「世界のへその緒」という意味の現地語で呼んでいることを知って、驚いたことが報告されている、見渡す限りの大海原の真っ只中に、ぽつんと孤立している島は、外部から見れば絶海の孤島であるかも知れないが、そこに住んでいる人からすれば、そここそまさに世界の中心であり、世界のへその緒以外の何物でもないだろう。ジョーはもちろんそういう意味での外界を知らぬ現地人ではない。インド亜大陸を二年間旅し、アメリカ大陸を一年間旅して来た、言わば現代人の中の現代人である。しかし、ジョーの家に一歩足を踏み入れ、僕の大好きなピーちゃんに迎えられると、そこがまぎれもないひとつの場であり、世界であり、世界の中心であり、宇宙でもあることが了解されるのである。そこにあるものは、しっかりした、嘘のない人間の生活である。どこにでもある、ありきたりの、人間の生活である。どこにでもある、ありきたりの人間の生活の場所であるが、そこにしかなく、そこにこそある、しっかりした嘘のないジョー一家の場所である。カルマヨーガの場所である。仕事が、お金や社会的な地位や惰性のためからではなく、本来宇宙と一体である自己に調和体をもたらすべく行なわれる時、仕事はカルマヨーガとなり、本来の仕事、つまり仕える事に深まるのだと思う。

大寒の入りも近い。

北西風の吹き荒れる諏訪之瀬の竹林の中の家で、今ごろジョーはどんな仕事の夢を見ているであろうか。

「夢なんかもう見ないよ」

低くふくみ笑いをしながら眼を伏せて遙かな深みを見ているかのような、なつかしいジョーの顔が目の前に浮かんでくる。もうジョーとは三年ばかり会っていない。しかし今年は、もらったジョーの年賀状を、僕は僕の礼拝室兼書斎の部屋に画びょうで貼りつけた。

「孤独」

というその文字を見る時、竹林がごおごおと鳴り、鳴れば鳴るほどしんしんと淋しく静かな諏訪之瀬島から、僕は大きなエネルギーをもらう。そのエネルギーは孤独という光のエネルギーである。

出会い

おだやかな天候がつづく内に小正月（十五日）も過ぎ、このまま立春につなげるかと思っていたが、雨が降り風が出始めた。冷え込みも強くなった。この分で行くと明日からは本格的な北西風が吹きはじめ、島の冬特有の暗うつな厳しい日々になるだろう。

今日は、上屋久町の町内駅伝大会が行なわれ、僕達の一湊（いっそう）区が見事に優勝した。たぶん駅伝大会始まって以来のことだと思う。次郎が一湊区代表の二十三人の選手の内、中学生代表三人の内の一人に選ばれていたが、まだ一年生で記録的に望めないし、シイタケの原木の伐り出しに追われているので、僕は応援には行かなかった。去年は次郎と太郎も出走したので、お産前の順子をおっぽり出しといて、応援に出かけたが、今年は行かなかった。去年は、次郎は最高学年で当然のように区間賞をもらってきた。今年は太郎は予選で落ちて出走できず、次郎だけ出たが、二年三年の選手に混じってのレースだから期待はしていなかった。

ところが一湊区は優勝してしまったし、次郎はまたもや区間賞を出して、賞品の楯と賞状をもらって意気揚々と帰ってきた。よくやった。

一昨日、日が暮れてから僕は卵を売りに一湊の町へバイクで下った。その時、県道の二・五キロの長い坂を走り登ってくる次郎とすれちがった。真っ暗の県道を、白いランニング姿の中学生が一人、かなり早いピッチで走り登ってきた。ライトの光の中に一瞬次郎をとらえ、僕はそのまま一湊の町へ下った。

次郎は冬休み中はもとより、学校が始まってからも毎日約十キロのロードランニングを欠かさなかった。学校が始まってからは、野球部の練習があるので、家に帰ってくるのはもうすす暗くなってからである。それから再び白川山（しらこやま）の坂を下り、途中で日が暮れ切って真っ暗の中を、旧道から県道に向かい県道から再び旧道に入り、白川山の坂を走り登って帰ってくる。このコースを逆に走れば、県道の長い坂道は逆に下り坂になり楽なのだが、次郎はしっかりと目標を定めて、上り坂のコースを自分で選んでいた。バイクのライトの光の中に一瞬次郎をとらえた時、胸に感動が走った。記録や区間賞はともあれ、そうやって真っ暗な坂道を毎日走ったということを、大人になった時次郎はきっとよい思い出として胸に持つだろう、と僕は思った。その姿を見ただけで、僕はもう応援に行かなくてよいと思った。しかし一湊区は総合優勝し、次郎も区間賞を出した。行けばよかったと悔やむが、もう遅い。

僕が東京都国分寺市東元町の、通称ニワトリ小屋長屋と呼んでいた一画に住んでいた頃、すでに太郎は生まれていたが、次郎は生まれていなかった。太郎が生まれた時、子供が生まれたことに怖れをなして、どうせ勤めねばならないのなら親父のために働こう、という不埒な考えで、父の経営する小さな自動車修理工場に修理見習工として入った。一年半で見習工をやめ、元の家庭教師と塾教師に舞い戻って、悲愴な気持ちで、自分は詩人として生きるのだと思っていた。

その頃、一平君という五、六歳年下の小説家志望の男と知り合った。彼は高校を出るとすぐ上京し、鹿児島の実家に「ワセダゴウカク」の電報を打って、入学金と一年間の授業料を送らせ、その金でアメリカへ行くつもりだったが、はっきりふんぎりのつかぬまま新宿あたりをうろうろしていた若者だった。僕が彼と出会ったのは、そのお金もほぼ使い果たしていた頃だったと思う。

ある時一平君こと宮内勝典(みやうちかつすけ)が言うには、自分は同じ鹿児島県生まれの人で、もう年は四十二歳か三歳になるが、この十年以上決して働かず、絵や詩を書きながら日本中を放浪して歩いている人を知っている。その人はサカキナナオといい、若い頃は有名な出版社の編集部にいて草野心平さんなんかと友達だったが、今は全くの放浪者で、働かぬのみならず詩も絵もただ書くだけで売ることはせず、一介の乞食として日本全国を歩きまわっているという。

「僕にとってナナオさんは神様のような人です」

と一平君は言った。

神様のような人が、この世に生きて歩いているとは当時の僕にはとても信じられなかったが、ビートニクに憧れていた僕はその人に一度会ってみたいと思い、一平君に機会があったら紹介してほしいと頼んでおいた。

「ナナオさんは東京が嫌いで、東京には滅多に来ないけど、もし会えたら必ず紹介します」

と一平君は約束してくれた。

それから二、三ヶ月したある日、突然サカキナナオともう一人若い連れの二人が、ニワトリ小屋長屋の僕の家の入口に立っていた。

「ナナオです」

とその人は言った。その人はもう秋の終わりだというのに、デニムの半パンをはき、少し白髪の混じった長い髪を垂らし、顔も腕も足も黒く日焼けし、髪に劣らず長い堂々としたあごひげをのばし、眼は澄み背筋をすっくと伸ばしてそこに立っていた。今でこそ長髪やあごひげはめずらしくないが、その当時は、そんな姿の男を見たらそれだけで充分な驚きだった。その人の威容に圧倒されたまま、どうぞお上がり下さい、と言っている間に、もうその人ともう一人は頑丈な登山靴のひもを解いて、狭い我家の六畳間に上がり込んでいた。

　おどおどしている僕を尻目に、ナナオは目の前で結跏趺坐（けっかふざ）して背筋をすっくりと伸ばして坐っていた。もう一人の若い人も同じようにデニムの半パンで、足の裏まで日焼けした姿で、同じく結跏趺坐して坐っていた。もちろん、雲水ではない。汚れた上衣、汚れたデニムの半パン姿の、長髪のあごひげを伸ばした、これが本当の乞食（こつじき）かという姿の人達である。

　どう対してよいか判らなかったが、とりあえずお茶を差し出し、家の前の柿の木からもいで焼酎を吹きかけておいた柿の五、六個を差し出して、

「どうぞ」

とすすめた。ナナオはそのひとつを手にとり、ちょっと上に拝するようにしてから、がぶりとかじりついた。そして、

「渋い！」

と言って窓の外に投げ棄てた。その柿は渋柿ではあったが、焼酎で合わせてあり僕も順子もけっこうおいしく食べていた柿だった。

「乞食（こつじき）のくせに、人の出したものを投げ棄てるとは、失礼な！」

と内心で思ったものの、現実には、人の出したものを渋いからと言って、窓の外に投げ棄てたその人の勢いに圧倒されてしまった。

佐渡島で生まれて、現在は、奥さんのマリと三人の子供達と一緒に、北海道に住んでいるシロこと白須隆という友達がいる。

シロは十五、六年前のその当時は、練馬少年鑑別所だったかを出所してきたばかりで、漫画家志望のはつらつとした若者だった。ある時、シロがナナオに出会った。

「君の眼は汚ない」

とナナオが言った。

「君の眼は汚なくて見るに耐えない。旅に出なさい」

とナナオが言った。

「どうやって旅に出るんですか」

とシロは尋ねた。

「君のズボンを脱げ」

とナナオが言った。シロが素直にズボンを脱ぐと、側にあったハサミでそのズボンを半パンに切って、

「それをはいて旅に出なさい」

とナナオは言った。

「はい」

とシロは答え、半パンに切られたズボンをはくと、百円か二百円のお金は持っていただろうが、そのまま東京から鹿児島へ向けて、ヒッチハイクの旅に出て行った。

二、三ヶ月してシロはくたくたに疲れて東京に帰ってきた。それでも勇気をふるい起こしてナナオの所に行き、

「今、帰りました」

と報告した。ナナオはシロをじっと見て言った。

「君の眼は少しきれいになった。だが、まだ汚ないことに変わりはない。今度は北に行きなさい」

「はい」

とシロは応え、そのまま今度は北海道へ向けて旅立った。何ヶ月かして北海道から帰って来た時、シロは血を吐いて倒れた。医者に診てもらうと、重度の肺結核ということだった。しかしもちろん入院治療するようなお金があるわけがない。友達の下宿に転がり込んで、寝たきりのままでいたシロの枕元を尋ね、ナナオは一枚の書を与えた。

不惜身命

惜身命

と書いてあった。僕がシロをその下宿に見舞った時、その書はシロの枕元の壁に、大切に貼

られてあった。シロは大切そうにそこに貼っていたが、僕の当時の感覚からすれば、ナナオとはほとんど許し難い男だと感じられた。しかしシロの眼の前はともかく、僕の眼の前にいるナナオを、僕は許し受け入れるほかに方途がなかった。ナナオは一平君が言うように、神様ではないとしても、神様のような魅力と悪魔のような魅力の双方をたたえた人として、僕の前にあった。

ある時、ナナオが、新宿に行こう、というのでついて行った。ついて行ったと言っても、もちろん電車賃は僕が払う以外になかった。ナナオも、もう一人の若い人（彼は長沢哲夫という名で、当時すでに現代日本詩人会のメンバーであり、後にナーガという名になって、現在は諏訪之瀬島で、漁をしつつ全く静かに暮らしている）も十円のお金も持ってはいないのだから。

新宿に行き、今はなくなったが当時クラシック音楽愛好者の間で評判の高かった「風月堂」に行った。「風月堂」に入って行くと、カウンターにいたマスターの山口さんが、うやうやしく頭を下げた。もちろん僕なんかにではなく、ナナオにである。

僕達三人は、入口の近くの広いテーブルのある、常連の占める席に腰を下ろして、コーヒーを三つ注文した。ナナオと長沢は文無しであり、コーヒー三杯分を払うと、帰りの電車賃が自分の分もなくなってしまう僕は、ゆっくりとコーヒーを飲む余裕などとてもなかった。それでもナナオの手前、ゆっくりとコーヒーを味わい、音楽を聴いている振りだけはしていた。

コーヒーを飲み終わって一服すると、ナナオがつと立ち上がった。そのまま店を出るのかと思ったらそうではなくて、広い店の奥の方へすっすっと歩いて行った。ある席の横に立ち止まると、その席の人へ無言でさっと右手を出した。するとその席のビートひげをたくわえた男があわてて立ち上がり、ポケットに手を入れて二、三枚の千円札を差し出した。その手がぶるぶる震えているのを僕は見た。ナナオは有難うとも言わずに、その男の肩に軽く手を触れて彼を席に座らせた。ナナオがこちらに帰ってくる時、そのビートひげの男が、軽くながらナナオの背にお辞儀をしたのを僕は見た。

お金が手に入るとコーヒー代を払い、僕らは外に出た。今度は泡盛を飲みに行った。ナナオ自身はそれほど量は飲まなかったが、長沢はよだれを垂らすまで底なしに飲んだ。生まれて初めて泡盛を飲むという僕に「これは四十五度だから気をつけて飲めよ」とナナオは注意してくれた。ナナオという人は、そういう恐ろしい人であり、優しい人であった。

僕は一度ならず、順子と太郎を棄てて、ナナオに従って旅に出よう、と思った。それこそが生きるということではないか、と思った。それこそが詩ではないか、と思った。

ある時、ニワトリ小屋長屋の家に来たナナオが、帰りがけに、

「千円下さい」

と言った。それは後にも先にもナナオが僕にお金を要求した、ただ一度のことだった。僕は

その時千円を持っていたが、

「ありません」

と断った。僕は千円持っていたが、そのお金は順子と太郎と僕とがこの世で生きて行く上で必要なお金であり、ナナオにあげられるお金ではなかった。

「そうか。君は貧乏人だったんだね」

と言って、ナナオはさっさと家を出て行った。あの時、はい、と言って千円あげたら、僕は妻子を棄てて放浪者ナナオに従うものになっていたかも知れない。しかし僕は踏みとどまり、放浪者ではなく家住者の道を選んだ。しかし、その家住者の道は、ナナオとの別れの道ではなく、ナナオを愛しつつナナオとは別の旅を続けねばならぬ、まぎれもない僕の道であった。

最初の内は、僕はナナオを「ナナオさん」と呼ばずにはおれなかった。しかしある時から勇気を出して「ナナオ」と呼び棄てに出来るようになった。ナナオに対して「ナナオさん」と呼ぶのは失礼だと判ったからだった。ナナオも僕を「君」と呼ぶのをやめて「サンセイ」と呼んでくれるようになった。サンセイとナナオから呼ばれて、僕は限りなく幸福だった。

ナナオが主唱する「乞食学会（バムアカデミー）」なるものの、東京連絡所を僕は引き受けた。「乞食学会（バムアカデミー）」と言ってみたところで、その実体は、ナナオや長沢、それに後になって知り合った秋庭など四、五人の放浪者がいるだけのことである。不定期刊のガリ版刷りの詩画集のようなものを出すことになり、発行所を僕の所にして、数号出した。ナナオや長沢は、当時京都の大徳寺で禅の修行をしていたビート詩人ゲイリー・スナイダーと知り合っており、たまたまおしのびで来日したやはり高名なビート詩人のアレン・ギンズバークとも知り合いだった。学生の頃、ジャックク・ケラワックの『路上』を読み、その本にぶっとばされていた僕は、形の上ではしがない家庭教師だったが、魂はビートのつもりだった。ビートとは僕にとっては、打つものであると同時に打ちひしがれたもの、の意であった。打ちひしがれても打ちひしがれても打つもの、打ちつつ打ちひしがれているもの、それがビートだった。

空気はどこにでもあり
人生は変えられる

その前後は全く覚えていないが、ニューヨーク生まれの不良少年で、当時最も若手のビート詩人だった、グレゴリー・コーソの詩の一節が、僕の胸に真理の歌として鳴り渡っていた。ナナオ達との出会いは、その歌をさらに現実の歌に高めてくれた。

東京が嫌いで、東京にはせいぜい一週間もいればいい方だ、と一平君は言っていたのに、ナナオ達は仲々次の旅に出て行かなかった。僕がそうであったように、ナナオ達を受け入れる人間を次から次へと見つけ出し、それらの家や下宿先を泊まり場所や食べ場所にして、いっこうに旅に出る様子はなかった。今にして思えば、それこそがナナオの旅で、ナナオは旅をつづけているのであり、次の旅の必要など少しもないわけだった。僕はナナオに会う度に極度に緊張し、会っていなくてもいつまた来るかも知れないと緊張して、いささか緊張過多症(カタトニー)気味でその年の冬を迎えた。大股で時速八キロとか十キロの速さで、電車もバスも関係なしにぐんぐん歩いて来るので、夜中でも夜明けでもうっかりしてはいられないのだった。ニワトリ小屋長屋の庭に、登山靴のダッダッという音が響くと、眠っていても声をかけられる前にもう眼が覚めてしまうほどだった。

ナナオは冬になっても短パン姿のままだった。引きしまった日に焼けたスネを丸出しにして、平気で歩きまわっていた。ある時、

「おっ、サンセイはおじいさんだね」

とズボン下をはいているのを見つけられてからかわれた。そうするともうズボン下をはくわけには行かなくなった。ズボン下を脱ぎ、ついでにくつ下も脱いで、裸足にサンダルをはいて歩きまわるようになった。僕は緊張過多症気味ではあったが、出来るだけナナオの後について、というかナナオと一緒に、努力をしてあちこちと歩きまわった。道を歩いていて、道の向こう側には陽が射していたが、こちら側は日陰だった。同じ歩くなら陽の射している側を歩きたい

な、と思ったが、そっちを歩こうと言えばまた、

「おじいさんだね」

と言われそうなので、日陰の道を歩くのも修行だと思って黙っていた。するとナナオは、

「太陽を拾って歩こう」

と言ってさっさと反対側へ道を移した。

「太陽と空気と水のみにて、ぶっ倒れるまで歩け、とマヌの法典に書いてある」

とナナオは教えてくれた。

吉祥寺から新しく国分寺の奥に校舎を移転した武蔵野美術大学附近の、欅(けやき)と櫟(くぬぎ)の林の中の道を歩いたことがあった。僕が何故か道の中央を歩かず、道のへりばかり歩くのを見つけてナナオは、

「君は、ブッシュマンの素質がある。ブッシュマンは名前の通りヤブ歩きの名人だ」

とほめてくれた。ナナオにほめられると、全存在がほてるほどに嬉しかった。

また、ニワトリ小屋長屋の家でケラワックと同じほど好きだったもう一人の巨人、トロツキーの話を恐る恐る持ち出すと、

「トロツキーはいい。僕も航空兵だったころに、飛行機の中でマルクスを読んだよ」

と、こともなげに言った。

その冬、僕はナナオと長沢に出会い、更にその二人を通して何人もの新しい友達に出会った。ナナオに出会ってわずか二、三ヶ月の間にそれまでの生活とは一変した途方もない光が見え始めていた。

「カノープスという星を知っているかい」

とナナオが言った。

「中国では南極老人星と呼んでいる。その星を一目でも見ると、寿命が何十年も伸びるそうだ」

とナナオが言った。

「その星は東京からでも見えるんですか」

「鹿児島からなら見えるが、東京じゃあどうかな」

とナナオが言った。そこで僕らは緯度計算をしてみた。緯度計算をしてみると、カノープスこと南極老人星は、南中時に東京からでも地平線のすぐ上にどうにか見える筈であった。

その冬は、歩きまわること、焼酎や泡盛を飲むこと、ハタヨガのポーズを修得すること、フリーソングといって自分の声で自分の歌を大声で歌うこと、その他たくさんのことをナナオから学び、それに熱中したが、中でも一番熱中したのはカノープスを見ることにだった。晴れた日の夜、一週間か十日間も続けてカノープスを見に行った。低い所からではもちろん見えないので、国分寺市近辺の小高い所を次から次へ探し歩いて行った。カノープスはカラス座の真下の方角にあり、南中時は真夜中過ぎの時間だった。寒さをこらえてズボン下もはかず、夜中になるとわけのわからぬ熱中にとりつかれてカノープスを見に出かけた。ナナオと一緒のこともあったし、ナナオはおらず他の友達と一緒のこともあったし、僕一人で出かけたこともあった。計算の上からは見える筈なのだが、ナナオの言う、白く輝く一等星、南十字星の最上段の星は、どうしても確かには見ることが出来なかった。星の関係書を買って調べてみると、両国駅のホームの何番目かの柱からカノープスの南中を見ることが出来た、という記事が載っていて、東京からもその星が見えることは確かなことになった。国分寺市の南方には高い山も丘もないし、両国駅から見えるものであれば国分寺から見えない筈はなかった。高尾山にでも登れば、簡単に見えるかも知れなかったが、僕は何故か国分寺から見るということに固執していて、毎晩毎夜、国分寺市内のあちこちの高台に行ってはカノープスを探した。

ある夜、富士見町だったかの高台から、地平線上すれすれに、確かに星と思われる白い光を認めた。その位置はカラス座の位置から割り出して正確にカノープスの位置だった。

「見た!」

と思ったが、それはナナオの言う白く輝く一等星、一目見るだけで寿命が何十年ものびるという、南極老人星の神秘な光ではなかった。しかしとにかく見たことは見たので、ナナオに会

い、そう報告をすると、

「僕が一番好きな星は、南の魚座にぽつんとひとつだけ光っている星だ。秋の夜空には一等星はあれしかないいな」

と答えた。

ナナオにそう言われると、急激に南極老人星への熱中が冷めて行った。その代わり、今度はもうやがて秋が来て、秋の夜空に南の魚座の一等星を見る時が楽しみになるのだった。

一平君から紹介されたナナオという人は、そんな風にして次から次へと人を熱中に誘いこみ、時が熟するとその場から姿を消してしまう人だった。ナナオがその場から消えてしまうと、あたりは急にがらんとなり、ほっとすると同時に淋しくなり、一日一日と退屈な日常性という別の世界が帰ってきた。ナナオと出会って、僕はもう決して出会う前の僕には戻れなくなっていたが、それでもやはりそれなりの日常性は戻って来た。するとまた、頃合を見計らったように、ナナオが東京にやって来た。


その時からすでに十五、六年の時間が経っているが、僕は、僕なりにではあるが、自分がこの世の旅人であるという自覚を忘れたことはない。ナナオも旅を続けている。ナナオの旅は、日本国内では物足りなくなったのか今ではアメリカを根拠地にして中南米、カナダ、西ヨーロッパと広がり、最近になってオーストラリアのキャンベラから一片の詩が届いた。この四、五年は日本には帰ってきていない。時々思い出したように、一片か二片の詩を、東京の国分寺のスナック喫茶「ほら貝」や他の仲間の所あてに送ってくる。去年の十一月にたまたま東京に行き、東京に行けば何はさておき「ほら貝」に行って、僕は壁に貼ってある次のような詩を見て書き写した。

鏡割るべし

朝早く　シャワーのあと
　なんと　なんと
うっかり　鏡の前に立つ

　なんと　なんと
ごましお頭　白いひげ　しわふかく
なんと　うらぶれた男よ

俺じゃない　断じて　俺じゃない！

この命　この大地
海にすなどり
星たちと砂漠に眠り
森ふかく　假小屋むすび

古く　床しい農法に耕し
コヨーテと共に歌い
核戦争　止めよと歌い
疲れを知らぬ
この俺　ただ今　十七歳
なんと頼もしい若者！

十字に脚くみ　ひっそり眠る
もの思い　やがて消え

声ひとつ　いま忍びよる
〝この命　老いを知らず
この大地　すこやかなれと
鏡　割るべし〟

一九八一・一〇　キャンベラ

ナナオ

※注　原詩は横書き

ナナオのこの詩を読んだ時、僕の胸に熱いものがあった。ナナオはこのように元気だ。僕も頑張らなくては、と思った。

ナナオはもう六十に近く、僕も僕が初めてナナオに出会った時の彼の年齢になってしまっている。

十年ばかり前、ナナオが突然「十七歳で死んじゃおう」と言いだした。その言葉は僕らの仲間でずいぶんヒットし、落ちこんだり道をはずれたくなったりした時に、無言の内に光を持った。実際に十七歳の少女が「十七歳で死んじゃおう」と書き置きして死んでしまったのも、その頃の出来事だった。

中学一年の次郎が、真っ暗な県道の二・五キロの坂道を、早いピッチで走り登ってくるのを見た時、僕の胸に感動があった。それは、生きるということは常に結果でも目的でもない、という実証だった。

次郎が走っている。そこに次郎のすべてがあり、それを卵を売りに行くバイクのライトの内に一瞬とらえた僕にとっても、僕のすべてがそこにあった。

ナシとビーナ

四、五日寒い日が続き、白川山（しらこやま）の背後の山々に雪が来た。毎日十五メートルから二十メートルの台風並みの北西風が吹き荒れ、霙（みぞれ）が降り霰（あられ）が降った。この寒さで踊我（ヨガ）と裸我（ラーガ）の手が、しもやけで赤くふくらんできた。去年の今頃は、ヨガもラーガもすでにしもやけが破けて、血を出しながら学校に行き、家に帰ってくるとその手で家の手伝いをしていた。今年はお正月が暖かったせいもあるが、二人の手は赤く腫れ上がってはいるがまだ破けてはいない。

「おじさん、はれてきた」

と可愛い眼をして、少し甘えてラーガが言う。

「うん」

と僕はちらとその手を見て答える。

「寒くなったからな。こすりなさい」

ヨガは何も訴えない。僕の横で黙って晩御飯のハシを動かしている手が、今年も赤くふくらんできたのを僕はただ見ている。

わが家ではしもやけが出来るのはヨガとラーガの二人だけで、他の子は出てこない。ヨガとラーガは僕の子ではない。順子の産んだ子でもない。両親がお隣りの口之永良部島(くちのえらぶじま)で、相ついで自殺してしまったので、可哀そうなので引き取って育てている子供である。中学生以上は別にして、ラーマはヨガよりひとつ年下で小学四年生である。ラーマにはしもやけは出ない。僕としては、ラーマにもしもやけが出れば二人に対して申し訳が立つのだが、ラーマには出ない。二人が揃ってしもやけを出しているのを見るのは、心が痛む。

三年前の二月の初め、隣りの口之永良部島に住んで十ヶ月ほど経っていた、ナシこと渡辺洸一郎が、部落の奥の共有林で首を吊って死んだ。そのお通夜の夜明けに、ビーナこと美那子がガソリンをかぶり焼身自殺で後を追った。当時小学二年生のヨガと、五歳のラーガの、二人の子供が後に残された。

ナシとビーナが相ついで火葬に附されている長い時間、天気のよい火葬場の庭で仕方なしにものを食べたりして遊んでいる二人の子供を見ながら、ナシの親父さん、宮崎のキャップ、口之永良部島の貴船(きふね)さん、それに僕の四人で、話し合いが行なわれた。もう一人ビーナのお兄さんという人もその場に来ていたが(もちろん他にも数人の参列者があった)自分は美那子の遺骨を分離して持って帰ると言っているのみで、終始席を外していた。

ナシの親父さんは、自分の孫だから当然自分が引き取るつもりだが、自分の家で育てることは事情があって出来ないので、養護施設に入れるつもりだ、と言った。ナシの親父さんには、ナシが小学生の頃にナシの母親と別れて再婚したので、自分の孫ではあるが自分の現在の奥さんの孫ではないという事情があった。生前のナシは、父親のその行為を決して許さず、口之永良部島に住んでもそのことを父親に知らせていない程だった。ナシはほとんど父を棄てており、父の家を自分の家とはみなしていなかった。ナシの父親は、息子を愛していないわけではなかったろうが、自分に反逆する息子をどうにも出来ず、行方不明のまま放っておいたのだと思う。ナシの親父さんは、ナシが「部族」の考えに共鳴し「部族」の島として騒がれていた、トカラ列島の諏訪之瀬島に住んでいたらしいことや、結婚して子供も出来ていたことは知っていた。それ以後どこに住んでいるものやら知らなかった。親父さんには、後妻との間に大学生と高校生の子供があり、先妻の子であるナシにばかりかまけていられない事情もあったと思う。いずれにしろ、親父さんの結論は「引き取るが養護施設に入れる」というものだった。ナシの遺体が焼かれている側で、親父さんはそう言った。

宮崎のキャップこと新貝健司は、僕達の間ではたぶんナシに一番近かった先輩格の友達だった。東京の武蔵野美術大学（当時は美術学校）を首席で卒業したキャップは、在学当時順子の同級生であったと同時に、僕の最も親しい友達の一人であり、現在でもそうである。キャップが広島に住んでいた頃、広島大学の学生だったナシと知り合った。ナシを諏訪之瀬島に送り出したのは、キャップだったと思う。あるいは、諏訪之瀬島に住んでいたキャップを、ナシがたまたま訪れて知り合ったのかも知れない。その頃キャップはあちこちを旅に歩いて、気に入った場所が見つかればしばらくそこに住む、という生活をしていたので正確なことは判らない。ナシに呼ばれてキャップが広島に行き、そこで二人で何かが始まっていたのかも知れない。正確なことは判らないが、ナシがキャップを慕い、キャップもナシを愛していたことだけは間違いない。キャップは言った。

「俺達の所で引き受けてもいい。俺はそう思うけど、俺達の所は財布ひとつの共同体だから俺の一存では決められない。皆んなもたぶん、いいと言うだろうけど、今ここで引き受けられるとは断言できない」

キャップ達は、宮崎市の一ッ葉海岸という国有地を占拠して、そこで二十人ばかりの共同生活をしながら、世界一周の出来るコンクリートのヨット「トカラ二世号」を作っている所だった。「トカラ二世号」は船体はすでに出来上がっていたが、マストやセールがまだ整わず、すでに十年も造られ続けているにもかかわらず、まだ出航していないヨットだった。キャップという名は、そのトカラ二世のキャップという意味だったが、いつまで経っても船が出来上がらないので、船無しキャップ、と僕達は呼んでいた。それは嘲笑では全くなく、尊称だった。三十五フィート弱のヨットを作るには、材料費だけで少なくとも一千万円以上の費用が必要だった。一千万円は大金であるが、五人、十人、二十人の若い男達が集まって、ヨットを作るという目的で稼ぐならば、大した金額ではない。三年、遅くとも五年かければ船は出来上がっている筈だった。けれどもキャップたちは、ヨットを作り始めて間もなく、ヨットを作り上げることが大切なのではなく、ヨットを作りつつあるその今が大切なのだ、ということに気づいてしまった。ヨット造りは遅々として進まず、始まってから十年以上になる現在も、まだ青い海に白い帆を張ることが出来ない。今年はたぶん、ついに進水するだろうと言っているが、進水するまではまだ判らない。この五、六年、今年こそは進水させたいとキャップは言って寄越すが、進水していないからである。船が陸（おか）にあってもそれは船ではない。だからキャップは船無しキャップと呼ばれ、船無しキャップではあるがキャップに違いないので、キャップと呼ばれているのだ。

　キャップ達は、宮崎の一ッ葉海岸で財布ひとつの共同体を営み、六家族か七家族で、子供達を含めて二十人近い大家族で暮らしていた。

「俺は引き受けようと思うが、俺の一存では決められない」

　とキャップは言った。

貴船庄二さんは、今から七、八年前から口之永良部島に住んでいる人である。本業は絵描きで、僕が屋久島に移って来た時には、すでに口之永良部島に、奥さんの裕子さんと三人の子供と一緒に住みついていた。ナシも結局絵描きだった。ナシはシルクスクリーンの仕事を広島でやっていて、それで充分に食べていたが、本当の仕事はシルクスクリーンで自分の絵を描くことだった。自身は、武蔵野美大を卒業して間もなく、ふっつりと絵を描かなくなってしまったキャップが「ナシの絵はすごい」と言っていたし、ナシの死後作品として残されたものは、シルクスクリーンで印刷された二十枚前後の絵だったので、ナシは結局絵描きだったのだと思う。

貴船さんは、世間の常識からは外れてしまった絵描きだけど、キャップと同じく武蔵野美大で学んだ絵描きである。ナシ一家が口之永良部島に住んだのは十ヶ月足らずだったけども、人口二百人足らずの島のことだから、当然つき合いはあった。貴船さんは、ヒッピーの片われが島にやってきて、酒を飲んでは話し込みに来るので、ナシを迷惑に思っていた。貴船さんは口之永良部島に住んではいるが、ヒッピーとして住んでいるのでは全くなく、まっとうな一人の絵描きとして住んでいたので、ヒッピーとつき合ういわれはないとして、ナシ一家とは交わりを絶っていた。

しかし、三年前の二月初めの、北西風がごおごおとうなる日に、ナシが行方不明になったという知らせをビーナから受けると、すぐさま島の消防団を要請して共に山狩り海狩りに出た。

二日目の夕方に、部落共有林の中で首を吊って死んでいたナシが見つかった。

その貴船さんがナシの親父さんに言った。

「さっきからずっとあの子達を見ていて、どうしようかと思っていたのですが、貴方があの子供達を養護施設に入れるというのなら、そういうことは許せないので、僕の手で育てます。実はここに来る前に家内とも話してきたんですが、家内も万が一の場合にはそうするつもりだと言っているんです」

「そうですか。それは有難い」

ナシの親父さんが即座に言った。ナシの親父さんは、貴船さんに、月々の仕送りは多少ともするつもりであることや、貴船さんの絵を自分の社会上の地位を使って売って行くつもりであることを話し始めた。ナシの親父さんは、自分の社会上の地位を貴船さんに明かしたが、その地位はかなりの名誉職であり、県の政財界に絵の一枚くらいは売って行ける筈の地位だった。

ナシの火葬が終わり、続いてビーナが炉に入れられて燃えていた。一人が燃えつきて、真っ白の骨のかけらの集まりになるまでには、二時間ぐらいかかったように思う。僕らはだからもう二時間待たねばならなかった。

貴船さんが二人を「育てる」というからには、僕の出る幕はなかった。実は僕も、二人の子供の姿を見ながら「自分の所に引き取ってもいい」という気持ちがあった。順子と相談したわけではなかったが、誰もその子供達の面倒をみないとすれば、僕が引き取ろうという気持ちがあった。けれども貴船さんは「引き取る」という表現をしなかった。貴船さんはヨガとラーガをじっと見つめ、あの子達を「育てよう」と言った。「育てる」と「引き取る」の間には、気持ちにおいて雲泥の差があると僕は思った。僕の出る幕ではなかった。貴船さんに任せて、ビーナが白い骨のかけらになるまで、黙ってただ待っていればよかった。親父さんと貴船さんは絵の話を始めた。絵を描くということがどういうことなのか、離島のまた離島に住んで三人の子供を育てながら絵を描いている貴船さんが語ると、迫力があった。二人の子供の行先が、思いもかけず決まった安心感からか、本来話し好きなのか、親父さんもよくしゃべった。遺体が焼かれている長い時間は、出来ればそんな風に話を交わして過ごすのが一番賢明なことなのだろう。「育てる」と表現した貴船さんの心のやさしさが救いで、僕はなすこともなく二人の会話に聞き入っていた。

僕とナシ一家の出会いは、ほぼ十年前になる。その頃ナシ達は、広島大学の女子学生寮の近くのアパートに住んでいた。キャップと二人で、東京から鹿児島までヒッチハイクで行き、奄美群島の徳之島、沖之永良部島、与論島を巡って、再びヒッチハイクで東京に帰る途中のことだった。島根県の安来市に、キャップと僕の共通の友達で、やはり絵描きの丸山勝三という男がいた。国分寺市のニワトリ小屋長屋の元住人の一人で、その年アメリカへ旅立つことになっていた。すでに送別会の日どりも決まっていて、間近にせまっていたが、その日までまだ二、三日の余裕があった。

下関から山陰道の国道十九号線を上らず、二号線を広島まで上り、広島から中国山脈を横断して松江に出ようと提案したのは、キャップだった。ヒッチハイクの旅に馴れて、道路さえあればどこをどんな風にも行ける自信がついていた僕らは、広島にはナシという泊まり場所もあるというので、そうすることになった。

ナシのアパートに着くと、僕は初対面だったが大歓迎してくれた。まだヨガは生まれていなかったと思う。その晩はナシがスシを作って御馳走してくれた。近くの専門店で自家用のスシの魚を売っていたらしく、ネタはマグロありタイあり貝ありイカありで、びっくりする程多彩で量も多かった。文無しのヒッチハイカーを歓迎するのに、スシを手ずから作ってくれたのは、後にも先にもナシがただ一人だった。そのうまさは実に腹にしみた。

僕もナナオや長沢(ナーガ)や秋庭(ナンダ)にならって、時間を作ってはヒッチハイクで旅をするようになっていた。北海道を除く日本全土をヒッチハイクで歩き、友達や、友達の友達や、そのまた友達といった具合にツテを頼り、寝場所と食事を与えてもらう旅をした。その頃から十年もの時間が経ってみると、どこで誰からどんなものを食べさせてもらったかは全く覚えていない。一宿一飯の有難さは、その時こそ身にしみたが、十年の月日の中ではすべて風化して消えてしまった。数え切れぬ程のトラックの運転手からも飯を御馳走になった。中にはお金をくれた人も何人もあった。

例外的に二つの場合だけをはっきりと覚えている。そのひとつは、鹿児島で鮫島新作さんという芸大出のやはり絵描きを訪ねた時だった。新作さんは喫茶店に連れて行ってくれ、コーヒーを御馳走してくれた。その時も離島帰りで、久し振りの都会の味を一杯のコーヒーに満喫した。飲み終わって、

「ああ、おいしかった」

とお礼を言ったら、

「どうです、もう一杯」

と新作さんが言った。その「どうです、もう一杯」が実にうれしかった。

そしてもうひとつ覚えているのが、ナシのスシであった。

ナシとは、それ以来会うことはほとんどなかった。四年前に屋久島の僕らの所に突然一家でやって来た。聞けば、これから口之永良部島に移り住むのだという。口之永良部島には屋久島からしか船が出ない。すでに家も借りてあると言う。この時のナシは、十年前に会った時のモダンジャズを愛し、ヒッチハイカーだった僕とキャップを大歓迎してくれた知的なナシとは

すっかり変わっていた。これから離島のまた離島に移り住むというのに、船の中でビールを飲んできたと言ってすでにかなり酔っていた。ほお歯の高下駄をはき、背が高い上にますます高くなってふらふらしていた。その午後、僕らは一湊の町で古い家を解体する仕事があった。家の解体を一手に引き受けて、その代わり古材をそっくりもらうという約束だった。ナシも手伝うという。手伝うと言ったって酔っぱらっていて大丈夫かというと、大丈夫だという。仕方なく連れて行くと、高下駄のままで屋根に上り、屋根の上でふらふらしながら、あっちへ行ったりこっちへ行ったりしていた。困った事には、一湊の人達が皆びっくりしてしまった。

なにしろ長髪を背中の真ん中あたりまで垂らし、あごひげはぼうぼう伸びて鍾馗(しょうき)さんのような姿、高下駄をはいてふらふらしているのだから、一湊の人だけでなく僕らでもびっくりしたり心配したりするのは当たり前のことだった。

「降りろ、降りろ」

と口々に注意するが、ナシはいっこうに聞かない。降りろと言われると余計に踏ん張って、大丈夫な所を見せようとするのだった。

広島ですでに持病の躁うつ症がかなり高じていたらしい。「あの時は躁の状態だった」と口之永良部島に住み始め、時々子供や自分の歯の治療に、屋久島に来るようになったナシがあとで言っていた。

ナシ一家がなぜ口之永良部島を選んだのかは判らない。口数の少ないビーナがぼつぼつ話す所では、以前から諏訪之瀬島に行ったりして、離島に住むことを望んでいたが、諏訪之瀬にはもう一家が入り込む余地がなかった。屋久島もいいが、屋久島は島が大きく人口も多すぎて、肌に合わない。本当に人の少ない静かな島で、じっくり暮らせばナシの躁うつ症もよくなるのではないか。

ある時やはり歯の治療のためにナシがやって来た（口之永良部には病院は元より歯医者もない）。その時は、鹿児島で仕入れたと言って、ホンダのダックスフントのバイクに乗って来た。その時はたぶんナシとしてはウツの状態だったと思う。自分が病気であることを盛んに主張していた。病気と言っても眼に見える病気ではないので、焼酎を飲んで話すことしか出来ない。ナシは幾らでも飲んだ。

その夜は、当時はまだ白川山の住人だった日吉真夫と町議の柴鉄生さんも一緒だった。飲んでは病気を主張するナシに対し、

「そんな病気などはない」

と日吉が言い始めた。日吉も飲んでいた。鉄生さんも飲み僕も飲んでいた。鉄生さんも日吉の意見に同調した。

「そういう心の病気は、自分が病気だと思うから病気なんで、そんなものは実際には存在しな

い」

と日吉は、飲んだ時の常で強く主張した。話は精神病一般に移り、鉄生さんも日吉も、精神病という病気はない、あり得ないという方向に進んで行った。僕にもその気持ちと意見はよく理解できた。日吉と鉄生さんが、二人なりのやり方で、病気を主張するナシを元気づけているのはよく判った。

「俺は病気なんだよ」

それに屈せず、ナシはしつっこく言い続けた。ナシは飲めば飲むほどしつっこい男だった。

「病気などない」

「いやあるんだよ」

「そんなものはない」

飲んだ勢いも手伝って激しいやりとりがされている間に、次第に僕はナシの気持ちを弁護したい気持ちになってきた。

「ナシがそう言ってるんだから、病気はあるんだろうよ」

と僕は言った。

「いや、無い！」

日吉も鉄生さんも激しく言った。その激しさは、あいまいにナシを弁護している僕の、そのあいまいさを強く批難するものとして僕に響いた。病気はあると言えばある。ないと言えばない。いくら無いと思おうとしても病気があると言わずにおれないのが、それが病気なので、その人を前にしてあまりにも強く、無いというのは、やさしさを通りこして、ナシと同じようにただ自己主張をしているだけではないか、と僕は感じていた。

「だけどナシは病気だって言ってるじゃないの」

と僕は言った。するといきなり日吉が立ち上がり、

「そういう事を言うのなら表へ出ろ！」

と押し殺したような声で言った。

日吉も僕も昭和十三年生まれで、同時期に学生であり、六〇年の安保闘争を体験した。日吉は東大で、僕は早稲田だった。日吉は当時のブントの情熱的なシンパの一人であったと思う。僕はデモに参加するだけの学生大衆の一人だった。学生大衆の一人だったが、樺美智子さんが死んだ六月十五日の夜は、全学連デモ隊の前から五列目か六列目にいて、国会突入を目指していた。後ろには何万という学生大衆がおり、前にはやはり同じ数ほどの警官隊がいただろう。背が低い僕は、国会突入をかけて双方必死の押し合いの中で、ついに息が出来なくなった。前の人の背中で鼻がつぶされ、息をするすき間もないほどに、前後からの圧力がかかってきたのだった。

僕はその場に、思想をかけてあったのではない。言わば衝動にかられてそこにいただけだった。樺美智子さんが死んだ、警官隊のトラックにひき殺された！　とデモ隊の指揮者は叫んだ。一分間、戦旗を垂れて黙禱した後、国会再突入の号令がかかった。今、仲間が死んだばかりなのだから、それは命をかけた闘いになることは明らかだった。思想がかかっていない僕は、一瞬、逃げようかと思った。それまでの押し合いの最中にも何度も息が出来なくなって、恐怖にかられていたことも手伝っていた。その当時も、僕の唯一の思想らしい思想と言えば結局は「詩」であり、マルクスでも毛沢東でもなかった。僕は政治的な学生ではなかった。

逃げようかと思った時、何かの本で読んだ「人間は十人の内九人は実は臆病者ではない。十人の内九人は、いざという時には臆病者の仮面を脱ぎすてて、勇気ある人の側に立つ」という言葉が胸をかすめた。この言葉は正確ではないと思うが、そういう意味の言葉だった。思想などなくても、僕の気持ちはその時すでにデモ隊の何万の学生と一体であり、逃げ出すことは臆病者になることだった。

デモ隊と警官隊の押し合いが始まり、僕も必死にがんばったが、ついにまた息が出来なくなった。もうこれで終わりだと思った。その時僕は、常々愛用していた黄土色の登山帽を左手に握りしめていたが、自分が死んだら左手にその帽子だけはしっかりと握りしめているだろう、と思った。意識が次第に薄れて行くのが感じられた時、僕は渾身の力を振りしぼって、デモ隊としてではなく、一個の生命体として本能的に息の出来る方向へ突進した。それから何分間か何十分間かのことは覚えていない。気がついた時、僕は血まみれになって倒れている数人の学生の中にいた。デモ隊はおらず警官隊がまわりを取りまいていた。

「表へ出ろ」

と日吉が言った。僕は表に出なかった。

「へいへい」

と僕は言った。

諏訪之瀬島に一家で住みつづけているゲタオが時々「へいへい」という言葉を使った。それは、あまり面白くはないけども、相手の言い分を聞いてやる時に使う、ゲタオの発明になる常套句だった。その言い方が何故かその時ついと口から出た。

僕は自分の上にのしかかる力というものが好きではない。僕が政治を嫌うのは、政治とは結局のしかかる力だからであり、組織を嫌うのも結局それがのしかかる力だからである。

鉄生さんと日吉が引きあげて行くと、話は自然に「部族」のことに移って行った。「部族」というのは、乞食学会(バムアカデミー)の延長線上にあった、組織ではない組織というか、運動ではない運動、の呼び名だった。一九六七年から七〇年にかけて「部族」は、世間ではヒッピーの蔑称あるいは尊称で呼ばれたが、「自由であること」「自然に帰ること」「自己の神性を実現すること」の三つを主として主張し、当時少なからぬ若者達の心をとらえた動きだった。この国家社会、管理社会を脱却(ドロップアウト)して、原始共産世界のような部族社会を創り出して行こう、とする動きだった。乞食学会(バムアカデミー)と同じく「部族」にも、僕はその底に詩を見、積極的に参加した。のみならず「部族新聞」の一号に「部族詩考」という長い論文のようなものを書き、二号は僕が編集責任の立場で、やはり「部族の歌」という長い論文のようなものを書いた。

　ナシは「部族」の考えに共鳴し、自分を「部族」と思っている男だった。僕らの集まりは、自分を部族と思ったら、その人は部族なのであって、それ以外に何ひとつ規則も規制もない集まりだった。ナシが歯の治療に屋久島に来たのは、一九七八年の初めか七七年の暮れのことだった。「部族」という新聞はとうに廃刊になり、「部族」という言葉もすでに過去のものになっていた。当時の部族の人達はそれぞれに「部族」の光と重みを背負って、それぞれの場で生活する方向を見出していた。

「部族はどうなったんだ」

　とナシがねちっこく責めよった。部族はすでに過去のものであり、僕は部族の人間として屋久島に移り住んできたわけではない。けれども僕の中には部族の歌は依然として残っていた。

「部族という呼び名は、今はもう僕にはないけど、部族の精神というのかな、その心は今でも僕の中にあるよ」

　と僕は答えた。

「嘘だ！」

　とナシが言った。

「サンセイの中にはもう部族なんかない。俺は部族なんだぜ。だからサンセイの中にはもう部族なんかないことが判るんだ」

　とナシが言った。

「昔おれが見た部族の、自由と解放という光は、今のサンセイの中にはかけらもない」

　とナシが言った。

　それは本当だった。そんな光がなくなったからこそ僕の中では「部族」が過去のものになっていたのだ。昼間からビールを飲んで高下駄をはいて屋根に登ることが「自由と解放」の現われ方だとすれば、そんな自由も解放も僕にはもう必要ない。僕に必要なのは、一輪の梅の花を見て、そこに神が感じられるような自由であり解放であった。

「さっきの病気の話じゃないけども、僕の中にも形は変わったけども、今も部族はある。ただ部族とは言わないで、今はそれを僕はただ生きるという言葉で呼んでいる。それでも、部族の心は僕の中にしっかりとあるよ」

と僕は言った。

もうすっかり夜も更けて、僕もナシもずいぶん酔っぱらっていた。

「ナシはエラブで何をするんだ？」

と僕は尋ねた。

「わしゃのう、エラブで世直しをするんや」

とナシは広島弁で答えた。

「世直し？」

「そうや」

とナシは答えた。

「エラブからのう世界へ攻め出すんや」

「そんな大袈裟なことはやめといた方がいいよ」

と僕は言った。

「今、僕に言えるのは、せいぜいのところ島おこしくらいのことでしかないよ。島おこしだって僕なんかの力じゃ出来やしない。一人の力で、島おこしだの世直しなんか出来るわけはないよ。僕が今思っているのは、一日一日生きて行くって言うことだけだよ。一日一日まちがいなく生きていればそれでいいんだよ。部族ってのは実はそういうことだと思う」

と僕は言った。

「島おこしか」

しばらく沈黙した後に急に静かな声でナシが言った。

「島おこしで握手せんか」

と僕は言った。

「わしゃのう、握手は嫌いなんや」

と広島弁でナシは言った。

「部族にならのう、握手してもええがのう」

とナシはにやりと笑って言った。

「それでもよかよ」

と僕は屋久島弁で答えた。

僕とナシは握手をした。ナシに押し切られた形の握手だったが、その手は大きくてとても暖かく、意外なことにふわりと優しかった。

星空の下に出て、二人で小便をして僕は家に帰り、ナシはそのまま旅人の宿兼独身者の寝場所だった、事務所と呼ばれていた家に寝た。その夜ナシは寝タバコでかけ布団を五分の一ばかり焼いた。

ナシが口之永良部島の部落の共有林で首を吊って死に、ビーナがその後を追って死んだのは、それから一ヶ月か二ヶ月たってからのことだった。

ビーナが骨になって出てくると、ビーナのお兄さんは、その骨だけを別の骨壺に集めて、広島のビーナの実家に持って帰った。結婚しているのだから、と僕はお兄さんに頼んで、ビーナの骨の残りをナシの骨と一緒にこちらに残してもらうことに同意を得た。同意してくれようがくれまいが、骨なんぞは掃いて捨てる程あるのだから、その事には問題はない。僕がお願いしたのは、二人の子供を遺してまでナシの後を追ったビーナの心を、その百分の一でもお兄さんに知ってもらいたい、ということだった。お兄さんはそれをたぶん、百分の一は認知したと思う。

ナシが骨になって出て来た時、ナシの親父さんもキャップも、僕も貴船さんも、声を放って泣くことはなかった。ビーナの骨が出て来た時も、僕らはやはりそうだったが、お兄さん一人は大きな声を放って、あたりをはばからずに泣いた。

次の日の船で、貴船さんはヨガとラーガを連れてエラブ島に帰った。親父さんも、すぐにでも出直してエラブ島の消防団や部落の人にお礼をしに来ると言い残して、ひとまず屋久島を去った。

次の次の日に、キャップと僕、鹿児島から来たサトとノブシの四人でエラブ島に渡った。島の人達が、気味悪がって近寄りもしないという、ナシ達の借りていた家の後始末をしなければならなかったし、首吊りの現場と、焼身の現場を神主さんに祓い清めてもらわなくては、島の人達の日常生活が元に戻らないからだった。ナシ一家とは絶交状態にあった貴船さんにそれを頼むわけには行かなかった。

初めて訪れた口之永良部島は、がらんとした淋しい島だった。その淋しさはちょっと諏訪之瀬島に似ていた。その淋しさをナシ達は選んだのだろうな、と僕は思った。活火山があるという点でも諏訪之瀬に似ていた。ナシ達が借りていた家は、港のある本村（ほんむら）という部落から四、五キロ離れた向浜（むかいはま）という部落にあった。人が住んでいるのかいないのか判らないほどひっそりとした、淋しい海に面した部落だった。部落とは言え、ひと部落で七軒か八軒の戸を閉じた家があるだけで、その家々に人が住んでいるのかどうか判らなかった。僕達は、幸いその部落に住んでいた、島でただ一人の神主の資格のある人を訪ねて、二人の自害の場所を祓い清めてくれるよう、お願いした。神主さんは、そんなことは今までやったことがないからとしぶっていたが、やがて奥に消え、文献を調べてからやってくれることになった。実際にお祓いをする前に、屋久島の由緒ある益救（やく）神社の神主さんにも電話で問い合わせ、その方法を確かめた。

最初に部落から二キロばかり離れた山の中に行き、ナシが首を吊った樹を伐り倒した。そこでお祓いの儀式をしてもらった。次に海岸に戻り、ビーナが自害した場所を祓い清めてもらった。その次にナシ達が借りて住んでいた家の前でお祓いをしてもらった。その三つの儀式が終わってから、僕達はやっとナシ達の家の戸を開けて中に入ることが出来た。

電気ゴタツのスイッチがまだ入ったままだった。老いぼれて抜け毛だらけの猫が、そのコタツの上にじっとすわっていた。

神主さんが言うには、その家の中にあるものは、すべて持ち去るか焼き棄てるかしてもらわねば困るとのことだった。家を空けるのだから、それは当然のことだった。

キャップと僕ら四人は、その晩はその家で眠り、次の日の朝早くから家の整理を始めた。子供達の衣類や勉強机、勉強道具を最初に分け、次に数百枚のレコード、数百冊の書物を残した。シルクスクリーン印刷器具一式は大型の荷になった。キャップが「すごい」と言っていたシルクスクリーン印刷によるナシの版画二十枚ばかりも当然残すことになった。家具、布団、台所用具、アンプ、テレビ、洗濯機、冷蔵庫その他のものは不要なのですべて部落の人にあげるか焼くかした。焼くものは浜に運び出して焼いた。食器類等不燃性のものは、浜に大きな穴を掘ってすべてその中に埋めた。

僕は、子供達への両親の形見として、ビーナのきれいなバスケットひとつとサングラス一個、ナシのブロッケンフルート一本を残しておいた。

小物を調べている内に、ビーナの手帳が出てきた。その手帳には、家計簿代わりの収支の数字が細かく記されてあった。所々に感想のようなものも書き止めてあった。一九七八年一月末までその手帳はつけてあった。手帳の最後の所に一行だけ、

「私の百一番目の希望」

という言葉が記されてあった。二月五日にビーナは亡くなったのだから、それは彼女の最後の言葉として受け止められるものだった。

「百一番目の希望」

とは何のことであろうか。

僕はナシを表面的にしか知らなかったが、ビーナのことはそれ以上に知らなかった。物ごとをてきぱきやる人だという印象と、静かな暗い人だという印象はあった。広島にいた頃から、ナシの酒飲みと躁うつ症で、ずいぶん苦労をしていただろうことは感じていた。しかし、ナシは部族の仲間のある部分とはちがって、仕事だけはきちんとやる男だったから、金銭的な苦労は何もなかった筈である。現に、僕達が家の整理をしていた時に、隣家の神主さんの奥さんが、一月分の給料だと言って、森林組合から預かっていた茶封筒を持ってきてくれた。中味は七、八万円ではあったが、それでもその月の島での稼ぎ頭だったと言う。

「よう仕事する衆（し）やったよお」

と奥さんは言った。

ナシは、昼間から酔っぱらって、酔っぱらうとしつこく人にからむたちで、一見ぐうたらな男のようではあったが、稼ぐことにぐうたらではなかったと思う。金銭上の心配をビーナにかけた筈はなかったと思う。これはキャップも認めていた。広島時代は月に二、三十万も稼いでいたという。

ビーナの、

「百一番目の希望」

とは何であろうか。ビーナの第一番の希望が何かと推測すると、それは間違いなくナシの躁うつ症が快方に向かい、酒を飲んでは人にからむ悪い癖が治り、健康な一人の男としてしっかりと島に住みつくことであっただろう。第二番目の希望は、恐らく息子のヨガのテンカン症が年と共に快方に向かい、思春期を過ぎて自然治癒することだったろうと思う。第三の希望は、そんなことは判らないとしても、広島を中心とした友達や、あるいは宮崎のキャップ達のヨットが出来上がって、口之永良部島に住むようになり、そこから世界の海に乗り出して行く日を迎えることだったかも知れない。口之永良部島に移り住もうと積極的に動いたのは、むしろビーナだったと言う。島の厳しい自然の中で鍛えられて、自分は元よりナシの病気を快方に向けようと心を砕いたのは、ビーナであり、それがビーナの第一番の希望であったことは確かであろう。すべての病気は側の人間をも苦しめるが、躁うつ症という病気は精神性のものだけに、側にいる者は辛いことだったと思う。いつテンカンが起こるか判らない子供を抱えて、無医の島を敢えて住む場所として選んだ奥には、口之永良部島にかける深い決意があったと思うのである。

ところがナシの躁うつ症は、快方に向かうどころかますますひどくなる一方だった。ビーナの希望は一日一日と砕かれて行き、とうとう、

「百一番目の希望」

になったのではなかったか。

「百一番目の希望」

とは、日頃から死にたい死にたいと言っていたナシが自殺するようなことがあったとしたら、自分もその後を追う、ということではなかったか。

北西の風がごおごおと吹き荒れる暗い雨の日が続き、森林組合の山の下払いの仕事も休みの日が続いていた。太陽丸は欠航続きで、口之永良部島は完全に外界から閉ざされていた。訴えても叫んでも吠えても、その声はただ自分に帰ってくるだけであり、北西風は台風並みの強烈さで吹きつのるだけだった。僕も島に住む者の一人として、その暗い厳しさをよく知っている。

二月二日の午後、ナシは薪(まき)を採りに行くと言って、雨の中を、家を出て行った。夜になって

も帰らないので、次の日消防団が要請されて、山狩り海狩りが行なわれた。その日ナシは見つからず、次の日つまり四日の夕方、部落の共有林の中で首を吊っている死体が見つかった。

四日の夜はお通夜で、部落の人々をはじめ、何人かの島で出来た知り合い達が夜遅くまでビーナの側にいた。隣家の神主さんの奥さんは、隣のよしみもあり、普段から何かと一番つき合いの深い間柄でもあったので、徹夜でお通夜をするつもりでその場にいた。ビーナは、奥さんの眼にはとても落ちついて見えたと言う。お通夜に来た人達に茶菓も出し、時々涙を流してはいたが、しっかりしていたと言う。

「いいかい、しっかりするんだよ。女一人で子供を育ててる人は、この島にだって何人もいるのだからね」

と奥さんがなぐさめると、

「大丈夫です。御心配をかけて済みません」

と逆にビーナは奥さんをいたわったほどだと言う。

夜明け近くなって、奥さんがうとうととっとした間にビーナの姿が見えなくなった。便所にでも行ったのだろうと思って、またうとうととっとしていると、ビーナは帰って来ず、おかしいなと思って外に出てみると、海岸で火が燃えていた。誰がこんな時間に焚火などしているのかと近寄ってみたら、火の中にビーナが倒れていた。

ビーナの本名は美那子と言う。美那子をビーナと呼んだのは、たぶんナシだっただろう。ビーナというのは南インドに多い弦楽器で、シタールほど日本には知られていないが、深々とした明るい音色を出すとてもいい楽器である。二人の子供の踊我と裸我という名もインドにちなんだ名前である。ラーガとは旋律の一種で「夜明けのラーガ」とか「夕暮れのラーガ」とか「雨のラーガ」とか決められていて、特定の雰囲気を象徴的に表現するものである。ラーガにはまた「赤色」の意味もある。

四人家族で三人までインドにちなんだ名前を持ち、その内の二人は本名なのだから、ナシ達のインドへの傾斜はなみなみならぬものがあったと思う。

インドの婚姻制度の中で有名なものに「サティ」という不文律の習慣があった。これは、夫が妻より先に死んだ時に、妻はその夫への純粋な愛を証明するために、後を追って生きたまま火で焼かれる習慣である。妻が若かろうと年老いていようと区別はなかった。若い妻がサティを行なう程賞讃された。すべての妻がサティを行なったわけではなかったが、それだけにサティを行なうことは、ヒンドゥ民族によって昔から讃えられ、純粋な愛を持つ妻の鏡として歌にも歌われてきた。英国がインド統治にのり出してから、この習慣は野蛮な因襲として禁止されたが、禁止されてもサティを行なう妻はあとを絶たなかったということが報告されている。

ビーナの、

「百一番目の希望」

とはサティのことだったと、現在の僕は確信している。百という意味のない数字、意味はないけれども、その中にビーナのすべての希望が打ち砕かれて行った現実の数字を除けば、第一番目の希望である新しい世界、サティという希望にビーナは飛翔して行ったのだ。

ナシは病気に敗けて、暗い北西風の季節に敗けて死んで行った、と思う他はない。事実としてはそれ以外にはない。ナシと一番親しかったキャップでさえ、

「ナシは仕方なかった」

と洩らしていたのだから、突然の出来事であったとは言え、仕方なかったと思う他はない。ナシが首にロープをかけた時、何を思ったかを知るすべは何も無い。しかし僕は、ナシが絶望して首を吊ったとは考えていない。もちろん首を吊ったのだから、絶望はあった筈である。しかし、絶望の前に、自分が生きていることはビーナに苦しみを与え続けるだけだという、どうしようもない自覚があったことは確かだと思う。ナシが生きていれば、病気を訴えねばならず、酒を飲んで人にからまずにはおれず、人を苦しめねばならなかった。その人の内の第一の人はもちろんビーナであった。ナシはビーナの苦しみを解き放つために、死を選んだのだと思う。

焼酎を飲んで、「部族」のことで責められた後で握手をした時、ナシの大きな手が意外に深く優しかったことを、僕は覚えている。その優しさは文無しのヒッチハイカーだったキャップ

と僕に、豪華なスシを御馳走してくれた行為に真っ直ぐに通じるものでもあった。小学生の時に生みの母親に棄てられたナシは、母親の優しさに飢えていただけ、それだけ正確に優しい人間であったと僕は思う。

ナシはいよいよ行きづまって、自分を殺すことによって、ビーナの解放を願ったのだと思う。悲（ひ）という言葉がある。火に通じる。悲という言葉はまた光にも通じる。自ら命を絶ったナシとビーナから、僕が受けるものは悲（ひ）である。そして二人に僕が与えるものも、悲（ひ）である。

家の整理を終わり、家の中を空っぽにして、戸閉りをし、その夜は貴船さんの家に泊まることになった。貴船さんは、借りている家の庭にプレハブのアトリエを持っていた。そのアトリエで飲方（のみかた）をしている時に、奥さんの裕子さんが意外なことを言い始めた。ヨガとラーガを引き取るつもりだったが、島の事情でそれが出来ないことが判った、という。

人口二百人足らずの島で、二人も同時に自殺者が出たということは、島の人々には大きなショックだった。島というひとつの運命共同体の中で、自殺することは、その共同体への恨み以外のものではない、という実感が島の人達にあった。島に住めないものは、昔から島を出て行ったのだった。一人の人が、死ぬほどに苦しい思いをしているのであれば、島の人々は当然共同体の一員として、心からの手をさしのべて来た。それが島である。お互いに手をさしのべ

さしのべして生き合っているのが、島であり、島の生活だった。そこで自殺するということは、島への恨み、島の心への恨みとしてしか受け取れない事情があった。

貴船さんは、島の人達の気持ちがそうであるなら、自分はヨガとラーガも連れて一家でメキシコへ移住してもいいと思っている、と言った。

「いつかはメキシコに住みたいと思っていたんですよ」

と貴船さんは言った。

ヨガの担任の小学校の先生もその場に来ていて、自分もこの島でヨガを教育する自信は全くない、と言った。

島の空気がそれほど険悪であるとは、僕達は全く知らないことだった。貴船さんがヨガとラーガを連れて、太陽丸で帰ってきたのを見た瞬間から、最も親しくしている隣人さえも、貴船さん一家と口をきかなくなったそうである。

「この島の自然は大好きだけど、島の人は好きになれない」

と貴船さんはうそぶいた。

「いやそれは違う。この島の自然が好きだということは、この島の人も好きだということですよ。僕が二人を引き取ります。最初からその積もりでいたんだけど、貴船さんが『僕が育てる』と言ったもので、僕の『引き取る』という気持ちとは雲泥の差があると思って言い出さなかったんです」

次の日の太陽丸には、ナシ一家の荷物の他にヨガとラーガも乗った。太陽丸が本村の波止場を離れるとすぐ、向浜の浜と部落が見えてきた。前の日に燃やした残骸の煙が、まだ立ち昇っているのが見えた。

「あたし達の家だ！」

とラーガが指を指した。

「よく見ておけよ」

と僕はヨガとラーガに言った。

「お前達が大人になるまで、もうお前達はこの島に来ることはないんだよ」

「うん」

と大人びた口調でヨガが答えた。

白川山に帰り着いて順子に事情を話すと、順子は少しも驚かなかった。

「わたしも、そうなるだろうと思っていたのよ」

彼女は何故か見すかしていたように言った。

誕生日

僕は盤珪（ばんけい）という人が好きである。盤珪は江戸時代初期の禅僧で「不生禅（ふしょう）」ということを唱えた。唱えたわけではないが、口を開けば不生（ふしょう）の二文字しか言わず、曹洞禅とも臨済禅とも異なっているので「不生禅」と呼ばれた。

盤珪禅師は、血を吐く苦行の中で、生きとし生けるものの本性は、いまだ生まれたこともない故に、決して滅びることもない、

「仏心」

そのものに他ならない、ということを悟ってしまった人である。仏心は、いまだ生まれたことのない本性であるから、人はその不生の本性でただ生きて死ねばよい、ということを教えた人である。小難しい禅語など一切使わず、当時の日常の言葉で、百姓から武士、公卿に至るまでの人々にただ「不生」の一語を説いた人である。

今晩も強い北西風が吹いている。今日は、朝船（あさぶね）、午後船（ごごぶね）ともに欠航し、朝船で鹿児島へ皮膚病の治療に行く予定だったシチューこと吉田明夫の家も、一日中戸が閉じられたままだった。僕の家も一日中戸を閉ざし、コタツのスイッチを「低」から「中」まで上げて、昼間から電灯をつけていた。島の家は、台風にそなえて入口も窓もすべて雨戸で出来ているので、戸を閉ざしてしまうと昼間でも真っ暗になってしまうのだ。大寒の入り以来の寒さで、とうとうヨガのシモヤケが破れて、血が流れ出した。体質だから仕方ないのだが、一湊の人々や学校の先生は、僕達の本当の子ではないので、身も心も寒くて血を流すのだろうと思うだろう。しかし今年は、幸いラーガは赤くふくらんではいるが、破けないで行けそうである。

いくら北西風が吹き荒れ、船が欠航し、雨が降り霰（あられ）が降っても、二頭の山羊と百五十羽のニワトリにだけはエサをやらなければならない。漁師はシケになれば二日でも三日でもゆっくり休むことが出来るが、生きものを飼っている百姓はそういうわけには行かない。

午後から山に行き、山羊のエサにするゴメジョの木を伐った。冬でも青々と繁っているゴメジョの木の葉が、山羊は何よりも好きだ。ゴメジョの木の葉を食べさせておけば、山羊はお腹の仔を育て、また乳も出してくれる。ゴメジョの葉の中には、乳の成分のすべてがあるし、仔山羊の骨格や毛や内臓や肉や血になる成分のすべてが含まれているのだ。ゴメジョの葉は、そう思うと不思議な万能薬のような葉である。

ゴメジョの和名というか学名というか、正式の呼び名を、植物事典で調べてみるけど判らない。一湊に住んでいる、考古学者であり民俗学者でもあり、植物学者でもある永里岡(ながいさとおか)先生に尋ねてみたが、カワヤナギ科の植物だろうとしか教えてくれなかった。中間(なかま)部落に住んでいる岩川フミヒロさんが、植物のことなら何でも知っているので聞いてみたが、中間部落ではゴメと呼ぶとしか教えてくれなかった。

二十年くらい前に、東京で「ゴメスの名はゴメス」という映画か戯曲が名高かった。その中味は知らないが、題名の「ゴメスの名はゴメス」というのが印象深くて、現在もよく覚えている。ゴメジョの和名や学名を知りたいと思うが、判らないので「ゴメジョの名はゴメジョ」と僕は思っている。

ゴメジョは大木にはならないが、それでも太いものは、根廻りで直径二十センチ位にはなる。夏も冬も深い緑色の葉を繁らせる常緑樹である。春から秋の半ばまでは、他の草や木の葉が充分にあるので、ゴメジョは伐らない。秋の終わりから冬の終わりまで、主としてゴメジョだけを伐って食べさせる。今頃の季節になると、さすがの屋久島も青草が乏しくなるので、ニワトリ用の青草にもゴメジョの葉を刻んで食べさせる。春から夏にかけて、伐られたゴメジョの株からは何本ものひこばえが伸びる。二、三年も放っておけば、いかにもおいしそうな柔らかい株になってくる。

僕は山に行き、これから何年かかけて、果樹園にしようと思っている場所でゴメジョを伐った。近頃は僕も少しは鋸の目立てが出来るようになって、鋸もけっこう切れるようになった。切れる鋸で木を伐ることほど楽しいことはない。政おじの言い草ではないが「人にはやらせられない」。ゴメジョを伐るついでに、他の何本かの木も伐り倒し、それを何日も続けて、少しずつ山を開いて行くのである。

その山には、すでに二十本ほどキンカンの幼木が植えてある。この冬、早くも七、八個の実をつけたが、僕らの口に入る前に猿どもの口に入ってしまった。

その山にあと二十本はキンカンを植えようと思っている。三十本は梅の木を植えようと思っている。スモモの木も三十本は植えたい。島でトッポと呼ぶサルナシや、時計草と呼ぶパッションフルーツのつるも挿し木で植えておきたい。枇杷の木も自家用に四、五本は植えたい。ハッサクやヒュウガナツの柑橘類も少しは植えておきたいと思う。

栗の木は実生の幼木ながらすでに二十本植えてある。一昨年、試みにマンゴーの幼木を植えたが昨年の冬に枯れてしまった。今年は、シーカンサという沖縄のレモンの苗木を十三本植えたが、苗が悪かったせいもあって、三本を残して枯れてしまった。甘茶の木を増やそうと思い、この冬百本ばかり挿し木しておいた。また、春になったら鹿児島からブルーベリーの苗木が百本ほど届くことになっている。

一周すればたぶん二百メートルはあるが、山としてはまことに小さな三反（三〇アール）ほどの地に、僕はそんな夢をたくしているのだった。夢をたくしつつ、今日の日の山羊のエサのゴメジョの木を伐るのだった。

今日は、道人の誕生日である。道人は今日で満一歳になった。きのうと今日でどう変わるものではないが、きのうと今日と明日の日を三百六十五日繰り返して、とうとう満一歳になった。道人が満十歳になった時、この山はどんな果樹園になっているだろうか。二十歳になった時には、どんな果樹園になっているだろうか。そんなことを思いながら、今度はナタでゴメジョの枝を落としていく。二十五キロから三十キロになれば、お腹の中の仔の分も含めて二頭の山羊の一日分のエサになる。山羊の糞は堆肥になって、再び山に帰される筈である。山羊の糞が果樹園を作る。ニワトリの糞が果樹園を作る。その間に道人は二歳になり三歳になり、学校にも行くようになるだろう。それでいいのだ。それがいいのだ。そしてまた、それしかないのだと思う。

僕の手は、本物の百姓の手に比べればまだまだ幼稚園で、おぼつかないこと限りもないが、とにかくこの雨まじり霰（あられ）まじりの突風の吹きまくる山で、放っておいても仕事をし、仕事をしつつ夢を見るまでにはなった。仕事にかかれば寒さはあとかたもなく消え、暗いなりに、風吹くなりに、霰降るなりに、そこに山があるのだ。山は生きており、僕も生きている。大切なことはただそれだけだ。

誕生日のお祝いは赤飯だった。隣のシチューの奥さんの久子さんが、モチ米を一キロほどくれたので、順子はモチ米だけに小豆を混ぜて圧力釜で赤飯を炊いた。お祝いだから、何か赤い魚がほしくて、あらかじめ一本釣りの漁船に乗っているシチューに、赤い魚を頼むとお願いしておいたのだが、赤い魚は来ず、シケになってしまった。仕方なく一湊の町に赤い魚を買いに行ったが、一湊にもやはりなかった。シチューがくれた二匹のメジカ（ソーダガツオ）の切り身が焼かれて、赤飯につけられた。ゴマ塩のゴマは家の畑で出来たゴマで、塩は「赤穂の天塩」という準天然塩が使ってあった。僕達の家は貧乏な家だが、塩だけは、一キロ三百円もするニガリの入っている塩を使っている。それに、道人が好きなお豆腐のすまし汁が出てきた。道人はこの頃、オトーフが大好きになった。家族八人揃って、

「オン　ムニ　マハムニ　シャキャムニ　エー　スヴァーハー」

と両手を合わせて、お祈りをして、

「ミチト、おめでとう」

と声を合わせて、食べはじめた。

赤飯は柔らかめに、道人にもそのまま食べられるように炊かれてあった。いつもなら道人は、

玄米をすり鉢ですって粉にして煮たおかゆを食べ、僕達は麦飯を食べるのだが、今日は皆で同じ赤飯を食べた。同じメジカの焼身を食べ、お豆腐のすまし汁をすすった。道人が家族の者と同じ食事をするのは、それが初めてのことだった。そのことに道人が満一歳になった実感があった。

「ミチトが大人になる頃は、お父さんはいくつになるのかなあ」

と四年生のラーマが言った。

子供達は学校に行けば自然に屋久島弁になるが、家に帰れば自然に東京弁になるのである。

「六十二歳だよ」

中一の次郎が素早く計算して言った。

「その頃までお父さんは生きてるかなあ」

とラーマが言った。

僕もそれは時々考えることだった。

「大丈夫よ。お父さんは百歳になっても死なない人だから」

と、やや皮肉に順子が言った。

「フン、一日に四十本もタバコを吸うようじゃ、二、三年もすりゃあ死んじまわあ」

と高二の太郎が言った。

「バカなことを言うな。一日に四十本じゃきかないぞ、六十本吸う日もあるぞ」

と僕は言った。

「それじゃ一年ともたねえや。なあ」

と太郎は隣の次郎に言った。

「うん、一年と持たない」

と次郎は答えた。次郎はこの一年にすっかり背が伸び、僕はもとより順子も追い越し、やがて太郎に迫ろうとしている。

「それじゃあ、お母さんは生きているかなあ」

とラーマが言った。

「うるさい！　死ぬ話をするな。黙ってメシを喰え！」

と次郎が言った。

「お母さんも、百まで生きるかも知れないよ」

と僕が言った。

「フン、脳溢血だかの死にそこないが何で百まで生きるもんか。もう十年も生きりゃあ有難いようなもんだ。なあ」

と太郎がまた次郎に言った。

「そうよ。だからお父さんもお母さんも死んだら、貴方が弟達の面倒をみんな見るのよ」

と順子が言った。

「俺がかよ。冗談じゃねえや」

と太郎が答えた。

順子は、屋久島へ来る二年前にクモ膜下出血で倒れ、一週間死線をさまよった。二ヶ月間の入院で幸い助かって退院出来たが、医師は、もう子供を産んではいけない、と言っていた。妊娠による高血圧を危惧してくれたのだと思う。ところが八年振りに妊娠した時、順子は産むことしか考えなかったし、僕もやはりそうだった。六人の子持ちはきついな、という感じはあったが、もしかしたら女の子が生まれて来るかもしれないという期待もあった。以前からの念願がかなって、ラーガという可愛い女の子が来たが、それはそれとして、僕はやはり自分の娘というものの顔が見たかった。諏訪之瀬島のピーちゃんは、

「サンセイの所に女の子が生まれるなんて、欲ばりすぎよ」

と言ったというが、欲ばりすぎでもやはり娘の父親になってみたい気持ちが強かった。

生まれて来た子は、今度も男の子で、産婆さんが間に合わず僕が自分の手で取り上げたが、男の子でも失望はなかった。その男の子は、僕が現在深く愛している屋久島の地で受精し、屋久島の太陽と空気と水と食物で順子のお腹の中で育ち、屋久島の地で生まれて来た子だった。

男の子でも女の子でも、生まれてみればどっちでもよかった。

僕という一人の人間の歩いてきた道、順子という一人の人間の歩いてきた道、子供達と共に、ヨガとラーガとも共に歩いてきた道、たくさんの仲間達、島の人達の心と共に歩いて来た道の途上で生まれたので、道人と名づけられた。その道は天下の大道であるが狭い道であり、道(タオ)の道であり、仏陀の八正道の道でもある。道(タオ)の道であり、仏陀の八正道でもあるが、どこにでもあるただの道であり、白川山(しらこやま)の曲がりくねった道であり、かすかに海の道であり、山の道でもあった。

「こいつは体重はどのくらいあるんだ」

と十八歳の太郎が言った。

「もう十キロは越してるかもねえ」

と順子が答えた。

「身長は」

と次郎が言った。

「さあ、どのくらいあるのかしらねえ」

と順子が言った。

「なんだ、自分の子供の身長も知らねえのか」

とラーマが言った。

「知らないわよ。じゃ、あんた自分の弟の身長がいくらだか知ってる?」

と順子が言った。

「知らねえや」

とラーマが言った。

「ほら見ろ」

と次郎が言った。

皆んなで笑った。

ヨガとラーガは、いつもほとんど黙って食事をした。何か聞かれれば答えるが、自分からものを言うということはほとんどなかった。最初の内はそれが苦痛で、何とかして食事の会話に入れたいと努力したが、入って来なかった。

上の二人がいなくて、ラーマとヨガとラーガの三人の時には、結構話をしながら食事をするが、次郎と太郎がいると、二人は黙ってしまい、黙って食事をした。それでも何か面白いことを誰かが言うと、皆んなと一緒に声を出して笑った。笑う時には、単純率直なヨガは噴き出すのを押さえるために、口を手で押さえて笑うのだった。最初の内は当然、この子達には親がないのだという気持ちが働いて、何かと気を使い親代わりになろうと努めた。

「ヨガとラーガはもうウチの子になったんだろ。だったらウチの子と同じようにしてくれよ」

とある時ラーマが抗議した。

「うんにゃ、まだウチの子ではない。これから少しずつウチの子になって行くんだ」

と僕は答えたが、ラーマの言い分にも理があった。

一年たち二年たつ内に、この子達には親がないのだという気持ちは、僕の中から自然に消えて行った。この間(かん)順子は、母親であろうとしてずいぶん努力をしたが、結局母親ではなく「おばさん」であることに落ちついた。順子が言うには、生まれたばかりの赤ちゃんを両手に抱いている時に、母親は母親になれるのであって、その時期の半年を逃がしたらもう本当の母親にはなれない。

僕は男なので、どっちかと言えば父親になれる気がしていた。男はたぶん、観念においても生きていくことが出来るのだろう。それでも父親でないことは確かで、ヨガもラーガも僕を「おじさん」と呼ぶ。ヨガなどはひどい時には「サンセイさん」と呼ぶ。「サンセイさん」とヨガに呼ばれると、何をこのヨガ坊主、と腹が立つが、一方ではいずれは「サンセイさん」だとも思う。しかし、一家の中では僕は父親である他はなく、僕は父親としてふるまってきた。

生まれてすぐこそ、道人は神様だったが、段々に赤ちゃんになり、ハイハイするようになり、伝い歩きするようになり、歩くようになった。今は無茶苦茶の盛りである。手当たり次第に茶碗を引っくり返すし、物を投げつけるし、戸棚の戸を開けて中のものを引っぱり出すし、熱い湯の入ったポットのフタを押し廻して熱湯を出すし、猫を抱きかかえてなめるし、祭壇の仏様や神様をおもちゃにするし、商品用に箱に並べてあるニワトリの卵を、片っ端から投げつけて割って遊んでいる。まだ赤ちゃんであることに変わりはないが、そろそろ赤ちゃんから、独立した家族の一員になって来たようだ。

「この頃、お前可愛くなくなったなあ」

プラスチックの小さなテーブル付きの椅子に座らされて盛んにごねている道人を見て、太郎が言った。

「ヒューマの方がよっぽど可愛いや」

太郎は、膝の上に白猫のヒューマをのせていた。

「なッヒューマ。ヒューマの方がカワユイカワユイ」

屋久島高校野球部の不動の二番打者になった太郎は、順子のものであった手編みのハンテンをはおって威張っていた。

「そんなこと言ったって、貴方の同級生の女の子は、道人を見れば、わあっ、ヤマオにそっくりって言うわよ」

と順子が言った。

「次郎の同級生の子は、ヤマオクンにそっくりって言うし、ラーマの同級生は、ラーマくんにそっくりって言うわよ」

と順子が言った。

「じゃ、いったい誰に似てるんだよ」

と太郎が言った。

「道人に似てるのよ」

と順子が答えた。

「そんなこと、当たり前だあ」

とラーマが言ったので、ヨガとラーガが大声で笑った。

「ごちそうさま」

とヨガがまだ笑いながら手を合わせた。

「ごちそうさま」

と次郎がぶっきら棒に手を合わせた。

「ミチト、よかったね」

太郎が、横の椅子にすわっている道人のほっぺをつついた。

「今日のメシはうまかったなあ。ごちそうさま」

とラーマが手を合わせた。

僕の食事の席は、祭壇を背にした位置で、祭壇にはヒンドゥ教のシーター女神の像が飾られている。シーターは「あらゆる妻はシーターの如く貞淑で、シーターの如く愛され、シーターの如くに夫を愛し、シーターの如くに美しくあれ」と、ヒンドゥ教徒達によって讃えられ憧れられている女神である。

僕の背後に祭られてあるシーター女神は、高く積まれた薪に燃えさかる火の中に、結跏趺坐して合掌している姿である。その姿を夫のラーマ王（チャンドラ）が礼拝している姿である。ある時シーター妃は魔王ラーヴァナの手でスリランカ島へさらわれる。ラーマ王は猿のハヌマン等の力を借りて何年もかかってシーターがスリランカ島に幽閉されていることをつきとめ、猿の大軍と共に攻め入ってラーヴァナを殺し、無事にシーターを救出する。ラーマとシーターは連れ立ってアヨディアの王国に凱旋するが、この時国民の間にひとつの疑惑が広がる。シーター妃がスリランカに幽閉されていた長い年月の間に、魔王ラーヴァナに犯されたのではないか、という疑惑である。シーターは身の潔白を証拠立てるために、大広場に国民を集め、高く薪を積ませ、その上に結跏趺坐して坐り、火をつけさせる。もしシーターの身が潔白でないならば、火はたちまちシーターを焼き尽くすだろう。しかしシーターが潔白ならば、火は彼女を焼くことは出来ないのである。ラーマ王とはヒンドゥの三大神の一人ヴィシュヌ神の化身であり、シーターはヴィシュヌの妃ラクシュミー女神の化身である。
燃えさかる火は、シーターの白い衣さえも焼くことが出来ない。シーターは炎の中に眼を閉じ涼しく合掌して坐っている。天上の神々が祝福の花をまいている。疑惑の眼をこらす国民の大群衆が猿の表情でそれを見ている。
ヒンドゥ社会ではたいへんポピュラーな絵であるが、十二、三年前に初めてその絵を見て、何故か胸を突かれた。その絵を見たとたんに、深くシーター女神を愛してしまった。シーターとラーマに心から魅かれていた頃に三男が生まれたので、良磨（ラーマ）と名づけたのだった。シーターラームと呼ぶと、今でも心が震える。僕はその絵像を背にして食事をする。順子は僕の向かい側、つまり正面からシーター女神の像を見る位置に座って食事をする。

道人が生まれた時、東京の小金井市に住んでいるアニキこと高橋正明が一句作って、短冊に書き、装幀して贈ってくれた。その短冊がシーターの斜め上方にかけてある。

春の山　忽道（たちまち）の人となり

この一句を、僕はとても気に入った。百の誕生祝いにも増して、この一句が嬉しかった。アニキの本業は絵描きだが、僕とは俳句仲間で、上京すると必ずアニキの家に行き、おいしいお酒を御馳走になりながら句会をする。スナック「ほら貝」の叉丹（サタン）こと高橋博や、レインボーベーカリーの店主ガーリーこと佐藤紀久男などが集まってくる。アニキの奥さんのサーコも気が向くと句会に参加するが、その時はいつもサーコの句が抜群にいいと僕は感じる。

アニキの所で今年小学三年生になる荷野（かや）が生まれた時、僕は一句作って贈った。


金木犀（きんもくせい）の　香り世に満ち　汝（なれ）は来ぬ

八年前のことである。その頃はまだ僕達は東京の五日市に住んでいた。たしか十一月のことで、産院にサーコを見舞う道すがら、本当に、あたり一面に金木犀の香りがたちこめていた。この句のよしあしは、自分のものなので判らないが、今でも覚えている程だから悪い句ではないと思う。しかし、アニキが贈ってくれた一句は確かに、句の格として一段上だ。

人の気配のない静かな春の山を歩いて行くと、僕達は忽（たちまち）に道の人になるのである。そしてそれがそのまま、道人の誕生を祝ってくれた句になっているのが、たまらなくいい。一年経った今、思い返してみると、道人が生まれてからの一週間というものは、ただ幸せな日々であった。僕が自分の手で建て増した四畳半の明るい産室で、道人と順子は一日中静かに寝ていた。順子は、野口晴哉（はるちか）さんの整体法の本に従って、お産をすることによって若返るのだと言って、絶対臥褥（がじょく）で一日中静かに寝ていた。道人は道人で、本当に神様のように美しい顔をして、美しいヴァイブレーションを静かに放射しながら、一日中眠っていた。僕は朝早く起きて、五人の子供の食事を作って学校に送り出し、順子の食事を作って食べさせてあげた。洗濯をし、掃除をし終わると、隣りの志戸子（しとご）部落に住んでいる産婆さんを車で迎えに行った。一月二十六日に生まれたのだから、やはり大寒のさなかで、北西風が吹く暗い日々が続いていた筈なのだが、そんな覚えはない。産室にはいつも静かな明るい空気が漂っており、道人はその小さな身体から、やわらかくて透明な金色の光を放っていた。寝ている二人の横に正座して座っているだけで、静かで透明な幸せがあった。産婆さんを送って帰ってくるともうお昼で、順子と僕の二人分の食事を作った。魚を食べさすと乳がよく出ると言うので、一湊から毎日赤いチレという魚を買って来て、刺身にしたり焼いたりして食べさせた。順子が、

「あなたもお乳を吸ってみては」

と言うので、そんなことはこれが最後だろうと思いつつ、吸ってみたりもした。

午後は山羊やニワトリの世話をし、夕方になると子供達が学校から帰ってきた。子供達も妙に静かで、大きな声を出すものは一人もいなかった。皆んな絶えず産室の二人のことを想っていて、時々そっと扉を押して、中をのぞいてみたりした。四、五日か五、六日して、毎朝両脇

の下にはさんで計っていた左右の体温がぴったり一致した時、順子はすっくと起き上がり、正座して道人を抱いて乳を吸わせていた。あの一週間は本当にとてもよかった。あたりに静かさがみちており、眼には見えない光が僕達に浸みとおっていた。

けれども一年経った現在、世界はすっかり変わってしまった。道人はミチトになり、ミットになり、ミットクンにまでなってしまった。

ミットクンはきかんきで、椅子に座ってごはんを食べるのが嫌いだ。好きでないものを口に入れようとすると、右手でぱっと払いのける。好きなものでも、お腹がいっぱいになると、口に入れてやってもぺっと吐き出す。サッカーボールが大好きで、自分の体より大きそうなサッカーボールを抱えてよちよち歩き、それを落としてけつまずいて、倒れて泣いている。木のコマが好きで、食卓の上で廻してやるとしばらくは凝（じ）っと見ているが、やがて手で摑み、また廻せと言って持ってくる。また廻してやると、しばらくは凝っと見ているが、やがて手で摑んでもってくる。ザルの中にラーガのお手玉を入れてやると、それを揺すってしばらくは一人で遊ぶ。イヤイヤイヤを覚え、オツムテンテンテンを覚え、アリガトを覚えた。マンマとアチチッが言えるようになった。電気オルガンを十分間くらいは両手で弾いて遊ぶようになった。食卓の上でピンポン玉を小さくはずませると、タッタッタッタ、タタタタタとはずみ終わるリズムに正確に合わせて、両手を振るようになった。

もし僕が今晩一句作るとすれば、
「春の山　忽只の人となり」
という所だろうか。これこそはユーモアを旨とする俳諧であるが、この一句を独立させて味わってみると、やはり良い句である。人の気配のない静かな山を、一人でゆっくり歩いて行くと、傲りや高ぶりがいつしか脱落して、只の人、無位の真人になるのである。

盤珪禅師は語っている。

「皆の衆、仏心は不生にして霊明なものと極まりました。不生なる仏心。仏心は不生にして、それで一切事がととのいまするわいの。したほどに、皆の衆、不生で御座れ。不生で御座れば、そのまま諸仏をこの身に得て居るというもので御座るわいの。尊いことではござらぬか。仏心の尊いことを知りますれば、迷いとうても迷われませぬわいの。これを決定すれば、今、不生で居るところで、死んだあとから不滅なものと願うこともありませぬわいの。生ぜぬものの、滅っする事はござらぬほどに。そうじゃござらぬか」

盤珪禅師に、そうじゃござらぬか、と言われると、自然に心が溶けて、そのとおりでございますという素直な気持ちになってくる。何故だろうか。

海

　ほぼ十年前に僕は初めて屋久島に来た。その時は、今は諏訪之瀬島で静かに漁をしながら暮らしている、ナーガと一緒だった。屋久島についてはほとんど何も知らなかったが、九州で一番高い山がある島だということと、かなり大きな島だということは知っていた。船が入港三十分前のアナウンスをしたので、甲板に出て見ると、目の前にゆったりと屋久島の山々が広がって見えた。十二月だったが、山々は青々として、上天気だった。一番高い山の頂上に、白い雲が輪をかいて白金色に光っていた。僕はその山にふと合掌した。それが、僕が初めて見た屋久島の山々であり、宮之浦岳だった。白い雲の輪は、天使の頭上に静かに発光している光の輪のように見えた。屋久島の第一印象は、ゆったりと広がりそびえている八重山御岳の姿であり、白雲の清らかな美しさだった。

　島に入って知り、驚いたことには、この島には樹齢七千二百年という途方もない老杉が生息しているということだった。その旅ではその杉の姿を実際に見ることは出来なかったが、大雨の降った日の夜に、眠られぬままに、その老杉の霊の声を聴いたと思った。何年か後にこの島の住人となってから、僕はその杉を聖老人という呼び名で呼ぶようになった。

永田という部落に行くと、大きな透明な川が流れていた。その川の橋の上に立って、永田岳という高い山を見た。南の島だというのに永田岳は雪をかぶって純白に輝いていた。島の人に尋ねると、永田岳は島で二番目に高い山で、九州でも二番目に高い山だと言う。僕はその時キリマンジャロを連想した。アフリカに行ったことはないが、キリマンジャロは写真で見ていたし、何よりもヘミングウェイの短編「キリマンジャロの雪」で知っていた。

その後、僕は家族五人で、一年間のインド・ネパールの巡礼の旅に出た。一年間の旅を終えて日本に帰ってきた時、もう東京に住みつづける気持ちはなかった。ナーガやジョーのいる、ナンダやゲタオのいる諏訪之瀬島に住みたいと思った。けれども土地の問題とか色々な事情があって、諏訪之瀬に住むことにはならなかった。親しい友達と一緒に住めるのは最上のことだが、諏訪之瀬は島が小さいし、人口が少なすぎるという気持ちもあった。

どこか南の別の島、と思っていたら「屋久島を守る会」の人達から、十五町歩（十五ヘクタール）の山林を無条件で使っていい、という話が伝わって来た。その話を聞いた時、たちまちナーガと旅した時の屋久島の姿が目に浮かび、七千二百年という樹齢の老杉の、耳には聴こえぬ声が聴こえてきた。

「そうだったのか」

と僕は思った。僕達は屋久島に住むことになっていたのだった。早速、屋久島の案内書を手に入れて、順子や子供達に見せた。何枚かのカラー写真が載っており、その内の一枚に、雪をかぶった永田岳の写真があった。当時四歳かそこらのラーマがその写真を見て、

「ポカラだ」

と言った。

ポカラというのは、ヒマラヤ山麓の静かな村で、僕達一家は約一ヶ月間その村に住んで、朝も昼も夕方も月夜には夜にも、ヒマラヤを仰いで過ごした。フェワ湖という名の大きな湖もあった。ラーマが、

「ポカラだ」

と言ったので、順子はそれなら屋久島に住もうと決めた。順子は、一年間の巡礼の旅の間で、ヒマラヤを仰いで過ごしたポカラの一ヶ月間が、一番楽しい日々だったと言う。

屋久島の山に魅かれて、僕達はこの地に移り住んできた。白川山のこの地は、山間の地なので海が見えない。山に魅かれて来たのだから海が見えなくても不服はないが、島に住むということは、実は、その前に海があるということを前提としていたのは当然である。

僕は海が好きである。心の底から。

海と恋とは同じものであり、海と愛とは同じものである。海と自由とは同じものであり、海と神とは同じものである。海と詩とは同じものであり、海と悲しみとは同じものであり、海と苦しみともまた同じものである。海と苦しみとが同じものだというのは、海は僕にとっては真理であるからであり、海と悲しみとが同じものだというのは、海は僕にとっては常に何よりも恋しい人だからである。海と詩とが同じものであるというのは、海は広々と広がり流れ流れているが、常に一言も語らずただそこに在るからである。海が神と同じだというのは、あらゆる川がおしまいにはそこに流れこむ一番低い場所で、青く最も深いからである。僕の経験からすれば、神とは青く透明なあるもの、である。青く透明なものの奥深くに、神と呼ばれる悲の光がある。海と自由とが同じものであるというのは、海は魚や貝や貝殻や流木や、その他のたくさんの恵みを与えてくれるからである。奄美群島の徳之島の犬タブ岬という所で、浜に打ち寄せられるあらゆる種類の貝殻や流木や流漂物を集めて、博物館を作ったお爺さんのことを、以前に一平君こと宮内勝典から聞いたことがある。そのお爺さんは「貝殻爺さん」という名で呼ばれていたそうだが、僕にとっては、それが自由というものであった。

海と愛とが同じものであるというのは、海はそのそばに住んでいるだけで、実際に眼で見なくても喜びを与えてくれるからである。海がすぐ近くにあれば、日常的に見ることは出来なくても、僕は安心して眠ることが出来る。

うまれて潮に　ゆあみして
浪を子守の　歌ときき
千里よせくる　海の気を
吸いてわらべと　なりにけり

と歌われているのは、海が母であるからであり、母であることは、父が決して知ることのない愛だからである。

海が恋と同じものであるということは、僕が海が好きだからである。恋というのは、好きという感情の頂点である。恋人に出会い、恋に陥ち、恋に狂った時に、人が胸から叫ぶことの出来る、唯一の究極の言葉は、

「好き」

という一語である。

僕は海が好きである。心の底から。

三年前にナシとビーナの二人の火葬を終えて、宮之浦の町で食事をして、一湊（いっそう）の町に帰ってきたのは夜の十時頃だったと思う。一湊の町は、一湊小学校の校歌に、

屋久島一の湊町（みなと）
黒潮洗う　矢筈崎（やはず）
果てなき海を　望みつつ
進まん吾等（われら）　いざ共に
ああ　躍進の　一湊小学校

と歌われているように、海の部落であり、漁師の部落である。島を一周している県道は、一湊部落に入る手前で海岸のすぐ脇を、海岸とほとんど平行して走っている。波の荒い日には、しぶきが県道を濡らすほどである。「屋久島を守る会」の初代代表で、僕達をこの島に呼んでくれた人でもある兵頭昌明（まさはる）さんの車に乗せてもらって、一湊の入り口にさしかかった時、真っ黒な海面に月の光がかすかに射しかかっているのを見た。

「やっと帰ってきましたね」

と僕は言った。

火葬場は島に一ヶ所しかなく、一湊部落からは四、五十キロ離れた場所にあった。お隣の口之永良部島で死んだナシとビーナは、検死の医者も警察官もいない島なので、屋久島まで運ばれてきて、屋久島で火葬にふされたのだった。

その火葬の一日は、朝から本当にあわただしい一日だった。シケで、エラブ通いの太陽丸が欠航し続けていたので、特別に漁船をやとって遺体を屋久島に運んでもらった。ナシの親父さん達を宮之浦港に迎えに行き、ビーナのお兄さんを屋久島空港に迎えに行った。ナシの実家の宗旨が神道だというので、神主さんに連絡を取って、火葬場で葬儀の儀式を取り行なってもらった。遺された二人の子供の引き取り先を確かめながら、死んで行ったナシとビーナの遺体が骨になって出てくるのを待った。同時に、捜索活動を二日間に渡ってしてくれたエラブ島の消防団の人達への、何らかの形でのお礼も考えねばならなかった。ビーナの遺骨を勝手に分離して持って帰ろうとするビーナのお兄さんに、人が結婚するということはどういうことなのかを、教えてあげなければならなかった。

そういうことのすべてがやっと終わって、縁もゆかりもないのに、そういうことのすべてにつきあってくれた兵頭さんと一緒に、やっと一湊の部落に帰ってきたのだった。

「夜の海はまたかくべつです」

と兵頭さんが言った。

わずかな月の光が、海面を物凄く豊かな生物のように照らし出していた。海はその時、生きて在るものの潮の如くに豊かな息を呼吸していた。黒く、深く、暖かくそこに在った。その時僕は、屋久島の一湊に住んでそろそろ二年になる時期だった。

「やっと帰って来ましたね」

と僕が言ったのは、兵頭さんもその住人であり、僕もその住人である一湊部落に帰ってきたことを言ったのだが、僕にとってはそれよりもっと個人的な感慨があったからだった。

黒く深くそこに在り、かすかな月の光を受けている海に、僕は屋久島に住んで初めて、故郷あるいは自分の部落という強い実感を受けたのだった。

政おじこと安藤政雄さんは、去年の暮れに自宅のコタツの中で七十歳になったばかりで亡くなった。政おじは、海ではなく、山が好きな人であり、大工であり、炭焼きであった。

「わたしは海は好きじゃなか」

と、一湊部落生まれの政おじはよく言っていた。

「海に、出ればな、あっちを見ても海、こっちを見ても海やからな、面白かことはなあんもありゃせんのですよ」

と政おじは言った。

「じゃあばっかい（しかしながら）、山はな、こっちの山を見えばこっちの山があい、あっちの山を見えば、あっちの山があってな、面白か気持ちが尽きんとですよ」

　と政おじは言った。

　政おじは大工で、炭焼きで、この白川山（しらこやま）の地の開拓者の一人で、白川山の開拓者達がある年の山洪水をきっかけに山を棄てて一湊に帰った時に、一緒に帰って行った人である。

「海はな、あっちを見ても海、こっちを見ても海でな、面白かことはなあんもありゃせんのですよ」

　と政おじは言った。しかしながら政おじは、海の部落の一湊に帰り、その自宅のコタツの中で眠るが如くに亡くなった。

　僕は、海が見えない白川山部落に住んでいる。行政的には、白川山は一湊区に入り、一湊区民であるが、日常的には海は見えず、海の音もきこえてはこない。けれども、歩いて一時間、バイクか車で行けば十分の距離に、海がある。

　山での仕事にくさくさし、山の仕事に行きづまってどうしようもなく息苦しくなると、僕は海に下る。

　海は、とくにお天気のよい日には、いつでも僕を待っていてくれる青く深い人であり、貝や貝殻や、流木や部厚い板や、太いものから細いロープや、少々色あせたとは言え思春期の頃と変わらぬ憧憬や、真(まこと)の敗北を正しく与えてくれる。

深く潜れ
一度や二度潜って　そこに求めている宝が見つからないからといって
あきらめるな
深く潜れ
そうすればお前は
そこに　お前の本当の宝物
お前自身という真珠を　見出すだろう

——ラームプラサードの歌

僕は岩に腰かけて、あるいは砂浜に直接腰を下ろして、僕の本当に好きな海を眺める。僕は漁師ではなく、もぐりでもないので、海辺に腰を下ろして海を眺め、反省するほかはすべがない。

ゆっくりとタバコに火をつけ、海の香りとともに茫々とした青い真理を、悲しみと幸福のまじり合った気持ちで吸うのである。タバコを吸い終わると、商店で買ってきたアンパンのビニール袋を破き、それを食べる。それからやはり商店で買ってきた、牛乳のフタをめくり、とても淋しい気持ちではあるが家族には内緒のゼイタクをしている気持ちで、それを飲む。牛乳を飲み終わりアンパンを食べ終わると、何かよいものは落ちていないかと浜辺を歩きまわる。

ひとつの美しい貝殻か、ニワトリのエサにするモンゴーイカの甲を拾い、何かの役に立つ十メートルばかりのロープを拾う。時にはここらでバタ角と呼んでいる、三寸角の木材を拾ったりすることもある。つまりいくつかの自由のかけらを拾い集めて、満足するのである。

海は恋人だから、僕の他には誰もいない海が、僕は一番好きである。誰もいないしんと静かな浜には、原生の匂いがある。あちこちの腐蝕サンゴの潮だまりには、小魚やウニや宝貝やイソギンチャクがひっそりと呼吸しており、かつては僕達もそのように静かな生きものであったことを想い出させてくれる。進化論が真実かどうかは知らないが、滅多に人が入らぬ荒磯の浜辺には、人を原生の感覚に誘い込むなにかがある。僕はそれを原生普遍感覚と呼ぶ。この感覚に誘い込んでくれる尊い浜は、日本にはもうわずかしか残されていない。工業に犯され、観光産業に犯され、釣りマニアに犯されて、浜の神秘は徹底的にはぎとられてしまった。屋久島の浜の多くも荒らされてしまったとは言え、まだあちこちに原生普遍感覚を与えてくれる浜が残っている。僕が時々行くオワンドウと呼ばれるその浜は、そういう数少ない浜のひとつである。

昔、といっても今から三、四十年前に、そのオワンドウの洞窟に、一人のよそ者の老人が住みついたそうである。老人は貝や魚を食べて生きていたらしいが、時々カライモ等が食べたくなると、山を越えて一湊の町へやって来て、貝やエビと交換にカライモや味噌を背負って帰ったそうである。老人にとってカライモと味噌は必需品ではなくて、たまに食べる大御馳走だったようである。

海には、そこに住みつけば、人間が何とか食べて生きて行けるだけのものがある。それは原始生活に近いものだが、原生の感覚に似た豊かさとして、僕には懐かしい。人生というのは、自分の本当に好きなものを見つける作業であり、それをしつこく追求して行く作業の別名であると、僕は思っている。その観点からすると、オワンドウの洞窟に住みついたよそ者の老人は、きっと人生の完成者の一人だったろうと思う。僕ももし海への恋を成就しようと願うならば、妻子を棄ててその老人のような生活をする他はあるまい。けれども今は、時々会いに行くだけでいい。時々会いに行き、順子にも子供達にも秘密で、一人でアンパンを食べたりするだけでいい。そしてイソギンチャクや宝貝やウニの物言わぬ声を聴いて、ロープだの材木だのモンゴーイカの甲だのをおみやげに拾って帰るだけでいい。

しかし、海は僕一人で楽しむためにだけあるのではない。海はもちろん順子や子供達のためにもある。大いにそうあるのだ。

僕は戦争中に、山口県の海を見下ろす岬の村の、祖父母の元に疎開していた。そこで朝な夕なに海を眺めて四年間暮らした。だから、子供の頃に海を見ながら暮らすということが、精神にどういう影響を与えるかについて、よく知っているつもりである。僕が、住む場所として島を選んだのは、僕自身のためではあるが、同じ程に子供達のためであり、順子のためでもあった。海は必ず、深く善いものを、大人にも子供にも与えてくれる。その善いものとは、善悪の善ではなくて、それを越えたひとつの必然であり絶対である。老子のいう「道」のようなものである。

僕は子供達の教育について、何の責任も持てないが、海の近くに住むという、ある意味では最低の、ある意味では最上のことだけは、果たしているつもりである。海がすべてのことを教えてくれるだろう、と僕は思っている。また、山がすべてのことを教えてくれるだろうとも思っている。人間が生きるということは、宝貝が腐蝕サンゴの潮だまりで生きることと、本当は少しも変わりがないのだ。それが判れば、他のことは何も判らなくて結構なのだと、僕は思う。それを判らせることが本当の教育なのだと思う。

立春が過ぎて、南の島とは言えやはり春が待たれる。三寒四温は、寒い谷間の部落だった東京の五日市ほど明らかではないが、やはり感じられる。二、三日北西風が荒れて寒い日が続くと、風が北から北東に変わり、ずいぶん暖かい日がやって来る。アオモジの木が白い花をあちこちでモクモクと咲かせ始める。桃やスモモの花芽が日増しにふくらんで来る。ああもう春かと思っていると、また北西風になり、桃やスモモのつぼみは目に入らず、咲いてしまったアオモジの花だけが寒々と風に吹き荒らされている。しかし雨水(うすい)を過ぎると、もう確かに春は近い。順子は道人をおぶって、辺りの山を歩きまわり、春の最初の恵みであるツワブキの新芽を集めてくる。それをシイタケや油揚げと一緒に煮て、おかずにし、焼酎のつまみにもする。雨水(うすい)の頃のツワブキの煮つけほど春を感じさせてくれる食べものは、他にない。

海では、春のお彼岸の頃を境にして、潮が夜潮から昼潮に変わる。同じ大潮でも、夜に大きく引く潮を夜潮といい、昼に大きく引く潮を昼潮と呼ぶ。南西諸島の島々では、春のお彼岸の日を「浜遊び」の日とし、部落こぞって弁当を作って浜に行く習慣がある。南の島々といえども、お彼岸になって初めて春は本当の春となり、浜の風も心身に心地よくなるのである。屋久島にもかすかにその習慣がある。毎年四月一日前後の休みの日が「浜出(で)バエ」の日と決まっており、部落こぞってではないが、何組もの家族が弁当持参で浜に出て一日遊ぶ。遊ぶと言っても、女子供は貝を採ったり魚を釣ったりして楽しみ、男どもは焼酎を飲むのである。

僕の所では「浜出バエ」には参加したことはないが、お彼岸過ぎの最初の大潮の日には、万障くり合わせて一家でオワンドウの浜に行く。もちろん弁当を持って行く。大潮というのは正である。

午前後に一番引くものである。朝の十時から午後二時くらいまでが、潮干狩りの出来る時間である。

いつもは無人のオワンドウの浜も、このお彼岸過ぎの大潮の日前後ばかりは、人出で賑わう。人出と言ってもせいぜい十人か十五人ほどの人出だが、いかにも春が来た賑わいを感じさせてくれる。目的は、ここらでイソモンと呼んでいるトコブシの一種である。みんな色とりどりのポリバケツを持って、浜つづきに百メートル近く潮の引いたサンゴ台地の波打ち際で、イソモンを探す。イソモンは、しっかりサンゴにへばりついているから、カナテコを使ってそれをはがす。イソモンの他にここらでセーノコと呼んでいるカメノテも採る。セーノコもやはり素手では採れないからカナテコを使う。

僕達は、何時間も夢中になってイソモンとセーノコを探す。子供の力ではセーノコははがせないが、イソモンならはがせる。イソモンは色合いが腐蝕サンゴとそっくりなので、最初の内は仲々見つからないが、見つけ方を呑みこみさえすれば誰にでも見つかる。そこにもここにもというほどたくさんいるわけではないから、眼をこらしてよく探さなければ見つからない。けれども心を集中して、眼をこらして探しまわれば、子供でも退屈はしないほどにはイソモンが採れる。

イソモン採りが大好きな僕は、採り始めると子供達のことも忘れるほど熱中するが、ラーガやヨガやラーマに、磯の楽しさを教える務めまで忘れてしまうわけでもない。イソモンはトコブシだから、言わば小さなアワビであり、食べてみればとびきりおいしいことは子供達もよく知っている。セーノコの味噌炊きもイソモンに劣らずおいしい。一度採り方を教えれば、あとは子供達も食欲もまじえて、採集する楽しみを知って行く。太郎と次郎は、もう安心して放っておける。二人は二人で組んで、時として僕よりも多く二種類の貝を集めるようになった。二人で組まれても、僕はことイソモンとセーノコに関しては敗けない自信があるが、この一、二年は敗けることもあった。太郎と次郎は欲が出たので、もう放っておいても心配はない。ラーマとヨガとラーガはまだ欲がない。せいぜい二時間も探すと、もうイソモン採りにはあきて、釣りを始める。ラーマとヨガは釣竿を持っているが、ラーガは持っていない。ラーガは僕についてイソモンやセーノコを採りつづけるか、ラーマとヨガについてエサ集めをするか、一人で宝貝を集めたりして遊ぶ。

近頃は、小学三、四年生の子供でも、釣りをするのにリール竿を使い、買いエサをつけた上にまき餌までつけるようになった。僕はそれが嫌いだ。僕はそういうお金をかけたレジャー的な釣りは好かない。自分が子供の頃、山口県の半島の海でやったように、浜の石を起こしてエサのゴカイを採り、まき餌など一切せずにする釣りが好きである。屋久島の浜にはゴカイがいないので、釣りをする時はあらかじめ川エビを集めるか、それが出来なければ、貝をつぶしてその肉をエサにするか、ここらでアマメと呼ぶ船虫をつかまえてエサにさせる。貝の肉に食いつくのはニシキベラかキュウセンに限られているので、「海に行く」と決めると、子供達は川エビをあらかじめ採っておくか、船虫を当日つかまえてエサにすることを知った。魚の絶対数がすっかり少なくなっているので、そういうエサでは大した魚は釣れないが、釣りの基本は、他のことの基本と同じく、あるもので足ることであると、僕は思っている。子供達が大きくなって、買いエサ、まき餌の、釣りに傾くかどうかは別として、それとは違う釣りもあることだけは、知っておいてもらいたいと思っている。

大潮の浜では、僕と順子、太郎と次郎、ラーマ、ヨガ、ラーガの三つのグループに別れて動くのが、これまでの毎年の例だった。今年は新しく道人が加わった。去年は、道人は順子ともども家に残ったが、今年はもう連れて行ける。

春のお彼岸まで、まだ一ヶ月以上はある。しかしもう一ヶ月もすれば、食卓に山盛りにゆでたイソモンが盛られ、セーノコの味噌炊きの汁と身をしゃぶる夜が来るだろう。

お金について

僕達の家は貧乏な家である。

どのくらい貧乏かというと、年間所得額が百万円にとても満たないので、いわゆる非課税対象家庭になっている。もう少し下がると、いわゆる要保護家庭の対象になって、税金を払わぬのみかお金が国からもらえる家庭になるらしいのだが、それでは僕という立派な働き手がありながら、世間に対して申し訳が立たない。近頃、年間所得が百二十万円までは、非課税の対象にしようという法律が出されたそうである。つまり二十万円アップである。僕の家は逆に二十万円ダウンにして八十万円を非課税対象家庭にしても、まだ大丈夫である。

貧乏を自慢する馬鹿もいないし、税金を払わぬことを喜んでいるわけでもないが、家の天井のハリに貧乏神が住みついているので、いかんともしがたいのである。

この貧乏神は、僕が生まれ育った東京の神田の両親の家の、天井裏に住みついていたらしいのを、長男でありながら勝手に家をとび出して、東京の国分寺市のぼろアパートに移り住んだ時に、一緒に連れて行った。国分寺市東元町の通称ニワトリ小屋長屋に移った時も、連れて行った。

国分寺市本多五丁目の、後になってエメラルド色のそよ風族の館と呼ばれた、大きなアパートに移り住んだ時も連れて行った。意識して連れて行ったわけではないが、貧乏神は必ずついて来た。ついて来たというより、貧乏神といえども神であるから、その神に導かれて僕達が、その後について行ったのかも知れない。太郎は、僕が親から独立して最初に住んだ墓場の横の、十畳一間の廊下が傾いていた国分寺市のぼろアパートで生まれた。次郎は、エメラルド色のそよ風族の館と呼ばれた、「部族」の東京における本拠地の、大きなアパートの一室で生まれた。

ラーマは、東京都西多摩郡五日市町深沢という、山の中の雨漏りだらけの、棄てられた農家で生まれた。その家にも僕は貧乏神を連れて行った。貧乏神に連れられてそこに行ったのかも知れない。ラーマは恵まれた子であった。助産制という有難い制度のおかげで、出産費の全額が無料になったのみならず、生まれたら町からお祝い金が出て、一万円くらいの黒字になった。

太郎が小学校を卒業するのを待って、それを一区切りにして、いよいよ屋久島に移り住もうと決めていた年の暮れに、僕は子供達と一緒にテレビを見ていた。そのテレビは、その頃はまだ生きていた福島県二本松市のおばあちゃんが、子供達にプレゼントしてくれた白黒のテレビだった。僕はテレビは好きになれなかったが、せっかくおばあちゃんがプレゼントしてくれたものを、棄ててしまうほどの人非人ではない。

その番組は「日本昔話」だった。

昔、あるところに、貧乏なお百姓さんの夫婦があった。お百姓さんの夫婦は働きもので、毎日、朝早くから日が暮れるまでせっせと働いたが、暮らし向きは少しも楽にならなかった。何故かというと、お百姓さん夫婦の家の天井裏には貧乏神が住みついていて、そのせいで働いても働いても暮らしが楽にならないのだった。ところがある年の暮れに、神様は、お百姓夫婦の長年の働きと願いをよしとして、お正月にまに合うように、福の神を遣わすことにした。とうとう長年待ち望んだ福の神がやって来る夜、お百姓夫婦は耳を澄ませて、福の神の足音を待っていた。

すると不意に、家の中でヒィッ！　という泣き声がした。見るとそこに、長年住み馴れていた貧乏神が、小さな哀れな姿になって、今夜限りこの家を出なくてはならないのを嘆いて、泣いているのだった。福の神がやって来れば、貧乏神は出ていかなければならない。福の神と貧乏神は同居出来ない。お百姓夫婦は、元より貧乏神よりは福の神を待ち望んでいたので、貧乏神が泣くのを無視して、福の神の足音に耳を澄ませた。すると遠くに、長年待ち望んでいた福の神の足音が、かすかに聞こえてきたではないか。お百姓夫婦は、うれしさのあまり飛び上がらんばかりだった。するとすぐ側で、前よりいっそう高い、ヒィーンッ！　という泣き声が起こった。いよいよ追い出される時が近づいた貧乏神が、ある限りの悲しみをこめて、泣いているのだった。お百姓夫婦は、福の神が来ることを長年待ちつづけてはいたが、心の優しい夫婦でもあったので、貧乏神のあまりにも悲しそうな泣き声を聞いて、胸が痛んだ。思えば長い年月、同じ屋根の下でその貧乏神と一緒に暮らして来たのだった。お百姓夫婦は、泣き叫んでいる懐かしい貧乏神の顔をじっと見つめた。子供がいないお百姓夫婦にとって、その小さく哀れな貧乏神の姿は、長年一緒に住んできた我が子の姿のようであった。

そうする内にも福の神はどんどん近づいて来て、今や家の板戸を力強く叩いていた。

「お百姓さん、お百姓さん。やっと来ました。戸を開けて下さい！」

福の神の声が聞こえた。貧乏神はいっそう声を張り上げ、激しく泣いた。お百姓夫婦は迷った。戸を開ければ福の神が入ってき、貧乏神は出て行かなくてはならない。

「お百姓さん。福の神です。やっと着きました。戸を開けて下さい！」

福の神が呼んでいた。

しかしその時、お百姓夫婦の心は、どういうわけか泣きわめいている貧乏神の、小さく哀れな姿の方に傾いていた。お百姓夫婦の心は決まった。長年共に住み、親しんできた我が子のような貧乏神の方が、福の神よりいとしいものであることがはっきりと判った。お百姓夫婦は、板戸を引き開けると、側にあった木の棒で福の神を叩きつけた。

「お前などこの家に用はない。とっとと出て行け！」

お百姓夫婦はどなりつけた。福の神は、これまでにそんな仕打ちを受けたことは初めてだったので、びっくり仰天してほうほうのていでその家を逃げ出した。お百姓夫婦は元通りに戸締りをしてから、自分達がしたことが本当は何だったのか判らず、ぼんやりとしていた。貧乏神の泣き声はやんでいた。貧乏神はそこにちょこんと小さく座り、首をうなだれていた。

その出来事があってから、お百姓夫婦は以前にも増して一生懸命働いた。貧乏神も家を追い出されるところを救ってもらったので、それからはあまりわがままをせず、天井裏に小さくなったまま住みつづけた。

子供達と一緒にそのテレビを見ながら、日本の昔には素晴らしい智慧があったことを知って、僕はうれしかった。その智慧は、こうしてテレビで放映されているからには、現代日本においてもまったく無くなっているわけではないことを知り、それもうれしかった。

この昔話は、僕のお金についての考えを完全と言っていい程に代弁してくれている。問題なのは、僕がそのお百姓夫婦のような働き者かどうかという自問だが、そのことを除けば完璧な内容である。特に終わりがいい。貧乏神があまりわがままを言わず、小さくなって天井裏に住んでいる所にのどかさがあっていい。

現代の日本は、多くの家の天井裏に貧乏神ではなく福の神が、小さくなって住んでいる状態であろう。福の神に小さくなっていてもらいたくないので、企業も労働者も国会議事堂も選挙民も、市民も町村民も、誰も彼もが福の神にもう少し大きな顔をしてもらいたい、と願っている状態であろう。福の神は、実際には年々に大きくなっていて、もはや天井裏で小さくなっているどころか、頭の上にのしかかっている程なのだが、御本人達は、天井裏で小さくなっているとしか感じていない。あるいはやはり、昔ながらの貧乏神が住んでいるとしか感じていない。

しかし、このかなり根底的(ラディカル)な昔話が、長い年月の中で風化して土に帰してしまわずに、今日にまで語り伝えられて来たのは、理由のないことではない。

福の神とは、名前はいいけれども実は欲望の別名であり、貧乏神とは、名前はよくないけれども実は、無欲の別名であり、謙虚さと心の優しさの別名であった。この話を伝え聞いた人々がそのことを本能的に感じとったからこそ、この話は今に伝わり、今も昔も黙々と権力の下に耐えている大衆(だいしゅ)の心を打つのである。

僕の父は、長年自動車修理工を続け、僕が中学三年の年に独立して、小さな修理工場の経営者になったが、家計は常に楽ではなかった。どん底の生活では決してなかったが、家には常に、

「お金が乏しい」

という空気が流れていた。それはいつも吸っていた空気なので、格別嫌いな空気ではなかったが、成長するにつれてもっと自由な空気を吸いたい、という気持ちが高まったのは仕方ないことだった。しかしその自由な空気を、お金によって買おうという衝動には一度もかられたことはない。

中学、高校を通じて秀才の一年先輩だった人が、高校に入ると「社研」に入って熱心に活動を始めた。近頃はどうか知らないが、当時「社研」と呼ばれていた「社会科学研究会」は、高校の数あるクラブの中にあって一つの強い光を放っていた。「社研」のメンバーだと言えば、それだけで通る強いものがあった。

その先輩がある時、僕の所に来て「社研」に入るよう勧めた。僕は文学同好会と柔道部に入っていて、社研に入る意志はなかった。

すると先輩は、

「労働者の家庭においては月末に、農家においては秋の刈り入れの直前に、夫婦喧嘩が最も多くなるというデータがあるが、君はそれをどう思うか。つまりお金が心を貧しくするという事実を、どう考えるか」

という意味の質問をした。

そんなデータがあることを知って、僕は少しばかり驚いた。それは普遍的な事実と思われたし、お金が乏しいということが自分の家においても、父の小言の種になり、父が小言を言い始めると、母と僕を頭(かしら)とする五人の子供達はいつも身を縮めて、父の小言の波が過ぎて行くのを待つ他はなかった。

先輩が言うことが僕にとっても事実であり、普遍的な問題であることは認めたけれども、僕はその時母のことを想っていた。母は、僕を含めて五人の子供達を深く愛してくれていたし、僕もこの上なく母を愛していた。母を想えば、お金が乏しいことは根源的な問題ではなかった。

その時先輩に、僕は母のことを持ち出すことは出来なかった。議論をするつもりは全然なかった。力のある「社研」のメンバーが、僕の所にわざわざ来てくれたのが嬉しかったし、万が一議論をしても、僕の勝てる相手ではなかった。しばらくして彼は帰って行ったが、二度とはオルグに来なかった。

国分寺市のニワトリ小屋長屋の家に、ナナオを迎えた時には、太郎は二歳になっていたと思う。ナナオから学んだことは数限りなくあり、今でも一片の詩や風の便りから学ぶことがいくつもあるが、その中で一番強烈なのは、何と言っても、彼がお金を稼がずに生きていることである。坊さんでもお金を稼がずには生きて行けない時代にあって、一円のお金も稼がず、一個の無名無位の乞食(こつじき)として生きている姿である。禅宗では、

「本来無一物」

と説き、

「無位の真人」

と説くが、
それを実現した人は少ない。お金を稼ぐことは容易なことではないし、その容易ではない努力の過程で人は真に多くのことを学び、その報酬も受けることを、今は僕も僕なりに知っているつもりである。しかし同時に、お金を稼がずに乞食(こつじき)として生きることの困難と、その困難の奥底から生まれて来る強い光を、僕はナナオを通して今もはっきりと受けている。


五年前に屋久島に移ってくる時、引っ越しの荷物と共に天井裏の貧乏神を載せてきたかどうかは、覚えていない。貧乏神のことだから、素早く荷物の中にまぎれ込み、人には見られないように旅を共にしてきたのだろうとは思っている。

白川山の僕達に与えられた家は、中古材ながらがっしりとした赤タブ材で組まれた、小じんまりとした天井のない家である。赤タブという材は、里山(さとやま)には自生せず深山に自生する堅木(かたぎ)である。シロアリが入らず、光沢がよいので、建材として尊ばれている。島では、昔はこの赤タブ造りの家が多かったが、最近は赤タブ自体が少なくなったのと、杉材とコンクリートの普及のせいで、そういう家はすっかり少なくなってしまった。僕達の家は天井がないので、材の組み合わせが一番上の棟材まで見える家である。棟までに三本の太い梁材が組まれている。つまり棟材と合わせると四重の太い横材が南北に走っているのである。小さいけれどもがっしりとした立派な家である。よく見ると一番高い棟材の下側に、幅十センチ、長さ四十センチほどの板が打ちつけてあって、その板には、

「南無阿弥陀仏」

の六字名号が墨書されてある。これは島の習慣のひとつで、大工が棟を上げる時にこの六字名号を自分で板に書いて打ちつけ、それから棟上げをするのだそうである。僕達の家のは古材の棟だから、この家を建てた大工の筆ではなく、前の家を建てた大工の筆がそのままに残されたわけである。

天井裏ではないにしても屋根の下ではあるので、うす暗い棟の下側に打ちつけられたこの六字名号を初めて見た時、僕はふっと、貧乏神が、

「南無阿弥陀仏」

に代わったのではないかと感じた。なにしろこの家には天井がないので天井裏というものがない。福の神にしろ貧乏神にしろ住む場所がないのである。梁の上にちょこんと座っているのではわが家の飼い猫のヒューマと同じである。

貧乏神の本性が、無欲であり謙虚さであり、心の優しさであるならば、それが南無阿弥陀仏の六字名号に変身したとしても、不思議ではない。偶然のこととは言いながら、ナナオの言葉によれば、

「鉄の偶然性」

によって僕達は、棟に六字名号の打ちつけられた家に住むことになった。

僕達のために十五町歩の山林を提供してくれたのみならず、六字名号の打ちつけられた家まで建てて無料で貸してくれている「屋久島を守る会」の元代表兵頭昌明さんが、先頃一冊の本を貸してくれた。大法輪閣の出版になる大山澄太著の『良寛物語』という本である。読み進めて行くと、次の詩にぶつかった〔日本語読み下し文は著者による〕。

無欲一切足　欲がなければ一切足りる
有求万事窮　求むるならば万事窮す

花無心招蝶　花は無心に蝶を招き
蝶無心尋花　蝶は無心に花を尋ねる
花開時蝶来　花が開けば蝶が飛んでき

蝶来時花開　蝶が飛ぶときには花が開く
吾亦不知人　私もその如く人を知らず
人亦不知吾　人もまた私のことを知らない
不知従帝則　知らぬままに天則（しぜん）に従っている

場について

二月十二日の夜、御飯を食べながら不意に太郎が尋ねた。

「お父さんは、左翼か、右翼か、どっちだ」

「うーん」

と僕は答えた。

「お父さんは中道よ」

と順子が助け船を出した。

「いや、中道でもない」

と僕は言った。

「きのう、右翼が仲間集めの行進をやったらしいぞ」

と太郎が言った。

それは僕も知っていた。二月十一日は建国記念日で、上屋久町では祝賀パレードが行なわれた。車をつらねての馬鹿馬鹿しいパレードで、長峰部落から永田部落まで、町内の約四十キロを派手に行進したらしい。このパレードを組織したバックは、近頃島でも急に活発に動き始めた「生長の家」という宗教団体の屋久島支部であったらしい。各戸配布された宣伝用パンフレットには、革新系と言われる現町長をはじめ、ほとんどの町会議員、神社の神主達が賛同者あるいは主催者として名前をつらねていた。パレードが行なわれたのは上屋久町地域だったが、賛同者名簿にはお隣の屋久町長以下町議の名前もつらねてあった。賛同広告という形で、島内の主だった商店や事業所も名前を出していた。だから、いわば島の政財界こぞっての賛同のもとに、この行事は行なわれたわけだった。「国家」という大義名分に対して極端に弱い島人の性情につけこんだ、悪ラツな組織方法で腹が立ったが、あえて僕は無視していたのである。しかし、静かな島の日々が、ひとつかみのおかしな連中の動きでかき乱されることを思うと、狂おしいほどの悲しみが内向し、僕は一日中ふさぎ込んでいた。

「右翼が仲間を集めているらしい」

という太郎の高校生仲間の評価に、幾分ほっとはしたものの、こんな馬鹿げたことがいつまでも続くようなら、屋久島はそれだけ住みにくい島になってしまうだろう、と僕は思っている。

僕は右翼ではない。僕は左翼でもない。僕は中道でもない。僕は日本国憲法の第九条、

「日本国民は、正義と秩序を基調とする国際平和を誠実に希求し、国権の発動たる戦争と、武力による威嚇又は武力の行使は、国際紛争を解決する手段としては、永久にこれを放棄する。

前項の目的を達するため、陸海空軍その他の戦力は、これを保持しない。国の交戦権は、これを認めない」

を、一国家の憲法として最上のものであると認め、憲法の条文であるよりもむしろ詩として読むものであるが、国家という概念については、実はすでに過ぎ去った幻想としてしかとらえられないものである。

国家と国境が争いの原因であり、核兵器製造の原動力であり、秩序ではなく抑圧の源であることが判明した現在、前途に数多くの困難があるだろうことは当然ながら、国家とも、右翼とも左翼とも中道とも別の、もうひとつの道に立ち、その道を歩いて行く他はない。その道を、二年前に僕は沖縄国際大学の玉野井芳郎さんにならって「地域という原理」と呼ぶことに同意したが、現在はもっと端的に「場」と呼ぶことにしている。

場とは何か。

僕という場、家族という場、白川山という場、屋久島という場、日本という場、東洋という場、地球ないし世界という場、太陽系という場、銀河系という場、宇宙という場である。

場はすべてを貫き、場としてそこに存在する。僕は、僕という場にありながら同時に日本という場に在り得るし、日本という場に在りながら白川山という場に在る。僕は、僕という場に在りながら宇宙という場に在るし、それは同時に家族という場でもある。

僕は、自分が日本人であるということに少しも無理を感ぜず、それを自然に受け入れることが出来る。それは、日本人であるということは、日本人を両親として日本という場に生まれた人間であることを（一般には）意味するからであると思う。けれども、自分が日本国の国民であると思いなすには、無理をしなくてはならないし不自然なわり切れないものが残る。それは僕の内に、日本という場に対しては愛情があるが、日本国というものには格別の愛情もないからだと思う。同様に、僕は桜島に象徴される鹿児島という地域が好きだが、鹿児島県という県が好きなわけではない。深い原生林があり樹齢七千二百年というような老杉の生息する屋久島を愛するが、上屋久町とか屋久町を愛しているわけではない。しかし、国や県よりは町の方を愛している。国家、都道府県、市町村は、要するに行政区分であって、それは場に刻印された政治的な整理名である。

僕が、

「日本国民は、正義と秩序を基調とする国際平和を誠実に希求し、国権の発動たる戦争と、武力による威嚇又は武力の行使は、国際紛争を解決する手段としては、永久にこれを放棄する。

前項の目的を達するため、陸海空軍その他の戦力は、これを保持しない。国の交戦権は、これを認めない」

という九条条文を支持するのは、この条文が一国の憲法の条文であるにもかかわらず、国家というものを否定する響きをその内部に持っているからである。

国家が僕にとって愛の対象でない以上、国家とは別の思想を、僕自身及び家族から始まる生きとし生ける者の平和と成就のために、探ってゆかねばならない。

最近の宇宙論の中で、僕が一番興味を持っているのは、宇宙とはそのあらゆる一点がその中心点であるような球体である、という説である。ここに一個のサッカーボールがあって、この球体の中心点はただ一点しかない。これがいわば国家の論理である。しかし宇宙は、その内部のあらゆる一点がその中心であるような球体であるという。この宇宙の存在の仕方は、アナーキーではなくこれ以上には考えられない秩序を保っている。これは僕の場の考えと一致している。場というのは、実は中心と秩序という概念についての考察である。中心とは何か、秩序とは何か、という考察が、場という時間と空間の交点を提供してくるのである。

場は中心であり、中心は場である。最も大切なものは場であり、場は最も大切なものである。そこから秩序についての考察が始まらなくてはならない。

かつてトール・ヘイエルダールが、南太平洋上の孤島であるアクアク島を訪ねた時、島の住民が自分達の島を「世界のヘソ」つまり世界の中心と呼んでいることを知って、びっくりしたということが記録されている。ヘイエルダールにとっては、世界の中心は西欧世界であったかも知れないが、今日では西欧だけが世界の中心でないことは、すでに自明の事実である。今日の僕の眼からすれば、当然アクアク島もまた世界の中心である。地球という球体の表面は、そのあらゆる一点が中心であることは、物理的な事実であるが、アクアク島が世界の中心だというのは、その物理的な事実に加えて、そこがひとつの場であることに由来する。場とは場についての意識である。ひとつの場にあって、場についての意識が生じた瞬間に、その場は世界の中心になり、宇宙の中心となる。厳密に言えば、そこに場があれば意識が生じようと生じまいと、すでにその場は宇宙及び世界の中心として存在するのだが、意識はそれを顕在化し、世界の中心なる場として設定し直す。

場は、僕という一個人の場から、われわれの場に拡大し、地域、民族、世界、恒星に拡大し、宇宙に至るまで通底する概念である。国家は地球上に限定され、国民を限定する地区概念であるに過ぎない。

現在の所、僕は場という概念をひとつの詩的直感として提出することしか出来ない。それ以上のことをしようとも思わない。

しかし、国家がある以上国家間の争いがあり、その争いを解決する手段として多くの国々が核兵器を保持している現在、国家という見地から人類の恒久平和を期待することは無理であることが自明である。

僕に期待できるのは、僕達の場である。僕達の場とは、僕の場であり、白川山という場であり、屋久島という場であり、地域という場であり、日本という場であり、東洋という場であり、地球という場である。この場にあってまず第一に「絶対悪としての核兵器」という極と「絶対善としての自然」という極を確立することである。国家はその性格上必然的に核兵器保持へ志向し、自然破壊を志向する。国家は自らを防(まも)らねばならず、防るためにはお金が必要で、お金は自然を破壊せねば出て来ないからである。

屋久島は美しい島である。美しい海にかこまれ、山は深く高い。山が深く高いので、水が豊かである。空気は透明で緑の森がそのまま呼吸できる。この島には建国記念日のパレードをやって喜ぶような人々もいるが、多くの人々は、国や県や、町という概念にさえも関係なく、ただ屋久島という場にあってひたすら生きている。ある人は漁に出、ある人は山に出かける。ある人は事務所や会社に出かけ、ある人は畑を耕す。ある人は商店を経営し、ある人は土方に出る。島人にとって共通の想いは、島という場である。島という想いには核兵器などが入り込む余地はなく、原子力発電の入り込む余地もない。原発は、国家が鼻先にお金をちらつかせながら地域及び場へ導入するものである。

島という場には核兵器の入る余地はなく、地域という場にも核兵器の入る余地がないとすれば、僕達は核兵器を必然的に含む国家という思想を棄て、地域＝場、島＝場、という思想を国家に代わるものとして提出する義務と権利がある。何故なら、僕達にとってまず第一に大切なのは、生きることであり、生き続けて行くことであり、子供や孫達が同じように生き続けて行くことだからである。

国会は地域連合議会に代わるべきであり、地域連合議会は、最高議決機関（国権）ではなくて性格としては各地域の連絡機関であり、その議決は各地域への強制力を持たず、せいぜい地域への示唆であるに過ぎない。

こんなことを政治の専門家ではない僕が考えても始まらないが、現に広島型原爆百万個分相当以上の核兵器が地上の各国家によって保持されている以上、僕達は国家に代わる何らかの新しい思想を創り出して行かねばならない。僕はそれを場という名で呼び地域という原理の名で呼ぶのである。

場にはひとつの絶対的な不文律（タブー）が存在する。それを平和と呼ぶ。場は、僕の場であり、僕達の場であり、白川山という場であり、屋久島という場であり、日本という場であり、地球という場であり、宇宙という場であるから、この平和という絶対的不文律（タブー）は、深いが上にも深く、高いが上にも高くなければならないだろう。僕という場は、本来はその平和を内蔵している。僕という場に沈潜し、絶対的不文律（タブー）である平和を探ることは、この時代の務めであり、この時代の生き方に他ならない。同様に、僕達の場はその内部に、あらゆる場に通底する平和を内蔵している筈である。僕達がその平和を探ることは、僕達の時代の務めであり、生き方であると思う。

場とは自然であり、自然環境である。僕は屋久島という場を恵まれた場と感じ、様々な不幸にもかかわらず幸福に生きようと努力しているが、例の建国記念日のパレードのような人達が島を支配しつくせば、恵まれた場であるにもかかわらず悲しい島と感じざるを得ないと思う。ポーランドの人達のようにアフガニスタンの人達のように、国家が原因で背負わねばならぬ不幸を負って、生きて行かなければならないと思う。それでなくても悲しみ多く苦しみの多い人生で、どうして僕達は国家がもたらす不幸まで負わねばならないのか。

しかし、それだからこそまた場なのである。場にも争いがあり、闘いがあり、苦しみがあり、不幸があるが、場には核兵器はなくその他の武力もなく、権力は多少あっても生存権を抹殺するほど大きくはない。僕達は、場から立ち上がることが出来る。場に立つことが出来る。

場は自然であり、自然環境であると共に、意識としての場でもある。抑圧された場の底には、自由という場がある。自由という場の底には、幸福という場がある。幸福という場の底には、光という場がある。光という場の底には、神という場がある。相互の場の関係は有機的である。権力という場の底に神の場があるかも知れぬし、幸福という場の底には不幸という場があるのかも知れぬ。しかしこの意識の場にあっても、あらゆる場を通底する絶対不文律（タブー）として、平和が要請される。平和とは、ただ今ここに深く在ることである。何故平和が絶対不文律（タブー）として要請されるかと言えば、ひとたび核兵器が炸裂すれば、後に残るものは、何ものもそれを意識することのない、場と呼ばれた存在、に過ぎなくなるからである。

　僕達は誰ひとりとして、人類を含む生きとし生けるものが、絶滅することを望んではいない。それなのに歴史は、その危険の方向へ一日一日と歩んでいるように見える。それは僕達が、不本意ながらまだ国家という幻想を見ているからだと思う。国家は大なり小なり権力であり、国家間の争いの源である。これを明確に認め、国家とは別の秩序、場の秩序の内に核兵器の解体へと進む他はあるまい。

　二十年くらい前に「渚にて」という映画があった。核兵器が炸裂し、人類の内ただ一人生き残った男が、オーストラリアの海岸を歩いているシーンで終わる映画だった。二十年後の現在、それは映画にも出来ぬほど現実の恐怖であり、オーストラリアの海岸をただ一人生き残った男が歩く可能性はない。

　もう三十年近くも乞食（こつじき）の放浪者で、そろそろ六十歳になるナナオが、オーストラリアのキャンベラという街で、

〝核戦争止めよ〟

と歌ったその一行が、何故かまた思い出される。僕達は、僕達のそれぞれの場で、核戦争止めよ、と心に銘じつつ、核兵器や核燃料の方向とは別の、生命の場を探究しつつ作りあげて行かなくてはならないと思う。

二月十二日の晩御飯の時に、太郎は、

「お父さんは左翼か右翼か」

と尋ねた。

「うーん」

と僕は答えた。

「お父さんは中道よ」

と順子が助け船を出した。

「いや、中道でもない」

と僕が答えたのは、そんなわけからであった。

木を伐ること

　僕達の住んでいる白川山(しらこやま)は、海抜にすれば百メートルもない山の中であるが、照葉樹林帯と呼ばれる常緑の森に囲まれた場所である。正確に言えば、かつてはそうだったと言うべきかも知れない。現在でもまだ照葉樹の森は残っているが、大半は里山も国有林も伐り払われて、杉の植林帯がそれに代わっている。杉山は、たしかに山であり杉山であるが、もはや森と呼べるものではない。森が伐り払われて、その後に杉材生産団地が出現したと言った方が適切だろう。小高い場所や、白川山にただひとつある小さな神社の祀られてある場所に登って、あたりを眺めると、その様子が一望の元に見渡せる。森はもうまばらにしかなく、七、八割方は杉山になってしまっている。

　照葉樹林というのは、シイ、カシ、マテバジイ、ツバキ、フクギ、イスノキ、タブ等々の、肉厚のつややかな丸葉を持ち、一年中落葉することのない樹々からなる森のことを言う。つい五十年前までは、関東以西の日本の山々はこの照葉樹林に覆われており、日本民族は多かれ少なかれその森との関係の中で暮らしてきたが、現在は絶滅にひんしていると言われている。

白川山で僕達に与えられている山は約十五町歩あるが、すべて照葉樹を主体とする山である。しかしいずれも険阻(けんそ)地で、車はもとより入らず、それどころか道さえあるのかないのか判らない山ばかりである。この山が僕達の場であり、僕の場である。

一昨年から、僕はこの山で椎茸(しいたけ)の栽培を始めた。椎茸栽培の原木としては、クヌギかナラが最上とされているが、屋久島にはクヌギもナラも自生していない。その代わり、一段落ちるとされているシイやカシの木は自生している。原木を買ってまで椎茸栽培をする気は毛頭ないので、色々調べて見ると、白川山に自生している木で、シイとカシの他にも何種類か椎茸が発生することが判ってきた。マテ、モガセ、サクラ、シロハダ等々の樹である。この内マテは僕達の山にはかなりあり、モガセも少量ながらある。もちろん、シイもカシもけっこうある。しかも有難いことに、これらの照葉樹は針葉樹と異なって、一度伐り倒してもひこ生えが出て、十年から十五年もすると再び原木として使えるようになるのである。森を壊(こわ)さず、しかもある程度の現金収入を得る方法として椎茸栽培は取り組んでよい仕事だった。

十二月に入り、落葉樹がすっかり落葉しつくすと、常緑のシイやカシやマテもモガセも、葉は緑ながら一種の休眠期に入り、根から樹液を吸い上げる量がうんと少なくなる。山の木を建築材料などとして伐るのも、十二月以後、二月の終わりまでを選ぶのは、そのためである。椎茸用の原木も同じで、十二月から二月の終わりまでに伐ったものでなくてはいけないとされている。

今年は、家のすぐ裏の山の一角に、シイとマテが群生しているのを見つけてあったので、僕はそこを仕事場として選ぶことにした。腰に腰鉈（なた）と山鋸（のこ）を下げ、手には鎌を持って山に入るのは、もうすっかり馴れてきたとは言うものの、やはりいい気持ちのものである。腰鉈のひもをきっちり結び、山鋸のひもをきっちりと結ぶと、それだけでもう山の人、杣（そま）の人になった気持ちになる。

山に入ると、そこが家のすぐ裏の山でも、生活が支配している場とは別の、山の世界、森の世界としか呼びようのない、もうひとつの世界がある。あたりは深（しん）となり、それまで聴こえなかった白川（しらかわ）の流れの音が高く聴こえてくる。僕の家は、白川のすぐほとりと言ってよい位置にあり、日常的に川音を聴いて生活している筈なのだが、近頃はさっぱり川音を聴かないまま動いている。夜中になればさすがに川音を聴くが、本を読んだり日記を書いたりしている時には、夜でも川音を聴かない。馴れというものは困ったものである。

ところが山に入ると、距離的にはうんと川から離れてしまうにもかかわらず、突然高い川音が響いてくるのである。最初の内は、山が静かだからだろうと思っていたが、それだけではなかった。ただ静かだけなら、夜になって子供達や順子が眠ってしまえば、家は全く静かになり、川音が響いてくる筈なのだが、それと意識しない限りは聴こえてこない。山中他界という言葉がある。山に入るということは、それが例え家のすぐ裏の山に入るのであっても、別の世界に入ることなのだった。川の音は谷底からごうごうと響いてくる。それは、山と川とは互いに呼応し合っていて、その世界に在る者にだけ、その世界を開示してくれるもののようだった。そして有難いことに、そこは僕のこの冬の仕事場だった。一昨年、その山の別の一角でやはりシイの木を伐っていた時、僕はその山を何故か弥陀（みだ）の山と呼んだ。そこに入って仕事を始めると何故か心が深々（しんしん）としてきて、有難い幸福な気持ちになるのでそう呼んだのだが、そういう意味では他のどこの山に入っても同様の気持ちになるので、今年はことさらに弥陀の山と呼ぶこともしなかった。ことさらには呼ばなかったが、最初に自分が呼んだ名を忘れてはおらず、だからその山はやはり弥陀の山であった。

僕は樹を伐る時には機械鋸（チェンソウ）は使わない。チェンソウを使えば、仕事は五倍も十倍も速くなることが判っているが、従って同じ時間仕事をして、収入のあてが五倍にも十倍にもなることも判っているが、チェンソウは使わない。

長年山林労働者をやり、チェンソウを使い続けて来たミツヤおじが、白蠟（はくろう）病という病気にかかって山の仕事をやめた時に、その本当に白蠟のように真っ白になった手を見せてもらったことがある。チェンソウを長期間使い続けると白蠟病にかかることが判り、現在ではチェンソウ専門の営林局も時間制限をしてチェンソウを使っている。チェンソウ自体も改良が進み、現在は震動の少ないものが出来ているので、白蠟病の話はあまり聞かなくなった。

だから僕がチェンソウを使わないのは、白蠟病が恐いせいだからではもちろんない。チェンソウ自体が何万円もするからでもなく、ガソリン代がかかるからでもない。

チェンソウの爆発音はすさまじいもので、二キロ離れた山で使われていても、その音が響いてくる。自分がそれを使えば、川の音どころか、すぐ側で人が大声を出してもなかなか聞きとれない程である。僕にはその音がたまらない。次にはチェンソウを使うと、あっという間に樹が伐れてしまうので、樹と対話をするひまがない。樹との物想いに耽るひまがない。仕事が生産のためだけの仕事になってしまう。しかし、これらの理由の他に（これらの理由の総合としてかも知れぬが）チェンソウが便利なものである、という、僕としては自分に許すことの出来ない理由がある。すべての便利さを拒むことは出来ないが、出来るところでは歯止めが必要である。現在では、営林署を始め山にかかわる人達は、ほとんどチェンソウを使っている。チェンソウなしに山に入ることは、無意味なほどにチェンソウが普及している。そのわけは、チェンソウが便利だからであり、能率的だからであり、生産的だからである。つまりチェンソウがもろにハンディな機械だからである。チェンソウを肯定することは、チェンソウの背後にある産業主義便利文明を肯定することであり、産業主義便利文明を肯定することは、国家とはまた別のルート（と僕には思われる）を通して核兵器や核エネルギーを肯定することを意味している。

僕ひとりが山の中でチェンソウを使わずに頑張ったところで、世界の大勢に何の変わりもないことをつくづく知らされるが、逆に言えば僕ひとりからしか世界は始まらないこともまた、明らかなことである。しかし、これらのことは言わば大義名分である。

僕は山鋸が好きだ。以前住んでいた東京の山間部の深沢という部落は、やはり林業を主体にした部落だった。その部落に虎夫さんと呼ばれていた山の人がいた。ある時その人の家で、何十本もの山鋸を見せてもらった。その人も当時すでにチェンソウに切り替えていたので、いずれも現役の山鋸ではなかったが、ていねいに油が引かれサビなどは少しもきていなかった。二人用の長さ一メートル、幅三十センチもあるような大鋸から、改良刃と呼ばれるそれまで見たこともなかった刃型をした一人用の大鋸など、めずらしいものがたくさんあったが、中で最も心を打たれたのは、幅二センチほど長さ三十センチほどの小さな山鋸だった。

「これは廻しびき鋸ですか」

とうろ覚えの知識を引っぱり出して尋ねると、虎夫さんは笑った。その鋸は、最初は幅八センチ近く、長さ四十センチくらいの普通の山鋸だったのだが、目立てをしては使っている間に、ある時尖端（せんたん）を欠いて短くなったが、そのまま目立てして使い続けて二センチの幅まですり減ってしまったものだ、ということだった。僕はその使い古された鋸に、心の底から感嘆した。それこそはまさに人生そのもののような道具であり、文化であった。

そのことがあって間もなく、僕は屋久島に移ってきたが、屋久島に来てからやはり同じほどに使い込んだ山鋸を、源蔵おじから見せてもらった。源蔵おじは、旧白川山の住民で、現在は一湊の町に住んでいるが、やはり本来は山の人である。

僕は山鋸が好きである。この五年間に一本の山鋸を折って駄目にしたが、二本目は尖端の刃を二、三本折ってしまったものの、まだ使えるので、切れなくなれば目立てをして使っている。目立ての技術は、源蔵おじや亡くなった政おじに比べれば赤ん坊同然だが、目立てする前よりは目立てした後の方が切れるのを幸いに、腰に結んで山に入る。もうあと何年、何十年すればその鋸が幅二センチまですり減るのか判らないし、それまで折ってしまわずに使えるかどうかも判らないが、その文化と人生を自分のものとするためには、使いつづけて行きたいと思っている。

源蔵おじが現在も使っている腰鉈（なた）は、土佐物（もん）と言って、高知県の手打ち職人に注文して作らせたものである。刃の付け根近い部分に大日如来の坐像が彫り込んである。大日如来を彫り込んだ刃物を、僕は生まれて初めて見たので、そういうものを使っている源蔵おじを、ただそれだけの理由で尊敬してしまうのである。しかし現実の源蔵おじは、多くの他の山の人と同じく、山の境界を一メートルでも広げて他人の山に侵入し、時々トラブルを起こしながらも、それを正しいと思っている人の一人である。国家に代わる思想として、場がとらえられたとしても、場の争いは絶えないことが事実であろう。しかしながら場は、僕の場であると同時に僕達の場でもあるので、争いながらも人類絶滅に至ることはなく、せいぜいケチな人だとか勘定高い人だとかいうラク印を、押したり押されたりして解決されて行く。

樹を伐り倒す時には、まずどの方向に樹が倒れるかを見定める。垂直に天を衝いて立っている樹は、杉や檜を除いては十本にまず一本もない。どちらかの方向に傾いて枝を伸ばしている。その方向が倒す方向である。樹を見上げて倒す方向を見定めると、鋸をまずその方向から入れる。これをアテを入れるという。樹々は様々な方向に幹と枝を傾けて伸ばしているから、倒す樹が北向きに伸び枝を伸ばしているならば、北側から鋸を入れる。四分の一から三分の一まで切り込むと鋸の刃に重心がかかって来て、スムーズに切れなくなる。そうしたら今度は反対側、つまり伐り倒す側へ向けて南側から鋸を入れる。この時は、最初に裏側から入れた鋸目の位置から、五センチから十センチ上の部分に鋸を入れる。これは山の人の常識で、アイウエオと同じように、山の人なら誰ひとり知らない人はない。

何も知らない僕に、そのアイウエオを教えてくれたのは、昨年の暮れに亡くなった政おじだった。政おじの本職は大工だったが、同時に炭焼きでもあり山の人であった。政おじの納棺の場に僕も参じたが、納棺に先だって亡くなった政おじの唇を湿す儀式があった。チョコに注いだ焼酎で綿を湿し、亡くなった政おじの唇をそっと湿すのである。そっと湿してあげながら、心の中で別れの言葉を言い、近親者であれば声を放って呼びかけながら、永い訣れの涙を流すのである。

「山の爺ちゃんに、よう訣れをせいよ」

という声がした。

見ると、小さな女の子が政おじの唇を湿しており、声の主はその子のお母さんであった。

「山の爺ちゃん」

という呼び名が、僕の胸にぐっと響いた。政おじの本職は大工で、かつては白川山に住んでいたが、十年も前から元の一湊部落に戻り、大工としての生涯をそこで終わったはずだった。しかし、納棺前の儀式で呼ばれた名は、

「山の爺ちゃん」

であった。

政おじは、若い頃白川山に入り、炭を焼いたり牛を飼ったり豚も飼ったが、本業は大工だった。生まれ育った漁師部落の一湊で大工仕事をするのが本業だった。

「仕事が終わるとな」

と政おじは以前僕に語って聞かせた。

「ほかになあんも楽しみはなかもんやからな、焼酎を一本買うてな、それをちびちび飲みながらな、木馬道しかなかった白川の道を戻って来たもんですよ。中途で日が暮れてな、恐ろしうなってもな、飲み飲み来えば、恐ろしかことはなあんもなかったとですよ。一升飲み終える時分にゃ、白川の家にもどっちょった。若い頃にゃ、わたしもよう飲みおったとですよ」

僕はその政おじから、樹の倒し方を教えてもらった。何も知らない僕が、樹を倒す側へ向けて始めから鋸を引いているのを見て、

「そいは駄目や、サンセイさん」

と政おじは言った。

「そんなして伐えば、樹は裂けてしもうのですよ」

まったくその通りだった。始めから倒す方向へむけて鋸を入れて行けば、樹の重心はひたすらその方向に傾き、やがて倒れる時には、バリバリとすさまじい音をたてて裂けて倒れる。ひどい時には裂け目は一メートルにも伸びるのだった。ところが政おじに言われたように、まず反対側からアテを入れ、次に倒す側に向けて鋸を入れれば、樹は、パアンという気持ちのいい音をたてて倒れてくれる。倒れた樹には一センチの裂け目もないのである。

かつて国木田独歩は「山林に自由あり」と歌った。山林には、森には、確かにこの世のもの

とは別の自由の空気が流れている。山鋸一本持って森に入れば、そこには原初の生命の響きあいがある。もの言わず流れているこの世とは別のエネルギーがある。その響きに触れ、エネルギーに触れる時、僕はそれが人間にとって最も大切なものであることを感じる。これから伐り倒す一本のシイの木の前に立ち、その木肌に触れると、人間同士で握手をしたり、山羊の頭をなぜたりニワトリを抱いたりする時とは全く別のやり方による生命との触れ合いがある。木肌は冷たく湿ってさえいるが、その奥からは豊かで清潔な樹液の流れが伝わってくる。僕はこれからそのシイの木を伐るのだが、僕達の出会いには、伐り倒すものと伐り倒されるものの関係はない。チェンソウではなく山鋸を使う限りは、木は伐られることをむしろ喜んでいるように感じられる。伐ること、伐られることによって、お互いの親密さの度合いが一層深まるように感じられる。

手に唾を吐いて鋸の柄を握ると、体の底からそれまでにはなかった別のエネルギーが湧き上がってくる。それは木を伐るというエネルギーで、静かながら限りなく力強いエネルギーである。そしてそれはたぶん、木自体が持っているエネルギーと等しいものだろうと感じられる。鋸を引き始めると、鋸の振動につれて僕の身心も震える。それは僕にとって何かしら原初的で本源的な身心の震えである。この震えは、やがてゆったりとしたリズムの往復運動に同化し、森全体を支配するこの世とは別の空気の流れとひとつになってゆく。

一九八二年という時代や、自分の生活をどう立ててゆくかという思案や、全面核戦争という暗雲や、日常の悲しいことや嬉しいことの様々がすべて消え失せて、千古変わらない「木を伐る」という営みだけがそこにある。僕はその営みを「安心（あんじん）」と呼ぶ。筋力は足裏から腰から腹から腕に、頭頂にまでみなぎっており、意識も木の密度と同じく緊張しているけれども、全身をゆるやかな安心感が流れ、心は足元のふかふかした腐葉土のように暖かく深いものに包まれている。そこには、僕が物心ついて以来の都会生活で失いつづけて来たものの復活があり、未来へではなく現在の希望がある。

百姓という言葉がある。僕は百姓でありその言葉が好きだ。百姓は千古来のものであり、僕もまた千古来のものだからだ。

野の人という言葉がある。僕は野の人であり、その言葉が好きだ。野の人とは、権力に頼らない人であり権力を持たない人で、それでいてしっかりと立っている人だからである。

森の人という言葉がある。僕は森の人であり、現在この言葉が最も好きだ。森の人とは、この世とは別のもうひとつの世界にあって、しかもそれがこの世で、何の欲もない人だからである。欲がないということが大切である。越後の良寛さんも言っているように、欲がなければ万事に足りるが、欲があれば万事に窮する。

森には欲がない。森はただそこに深閑として繋っているだけである。欲深い僕の身が、森で何を学ぶかといえば、ただそこに深閑と在ることを学ぶのであり、動物よりも植物の方が、存在の形式としてより高次だということを学ぶのである。動物はたぶん人間と同じく偉大な存在であるが、存在としては植物の方がより偉大である。何故なら、植物は動物に比べて一歩深く平和に存在するすべを知っているからであり、一歩深く権力意識を離脱しているからである。

ツワブキ

白川山（しらこやま）の春はツワブキの新芽の採集から始まる。立春を過ぎるともうぼつぼつツワブキの新芽が出始める。屋久島一円、どこへ行ってもツワブキは豊富に自生しているが、白川山も同様である。ツワブキは、どちらかというと海岸線沿いに多く自生する多年生の植物だが、白川山一帯にも自家用に採集して食べる分には充分すぎるほどに自生している。

寒いとは言え南の島のこととて立春を過ぎれば、太陽さえ顔を出してくれれば、もうセーターも要らないほどに暖かくなってくる。順子はいそいそとツワ採りに出かける。道人坊やがお昼寝をしている間を見計らったり、起きている時は、フエルトの小さなクツをはかせて手を引いて歩かせながら、林道沿いの道の端や、畑の脇の草むらに入ってツワの新芽を摘み集める。

ツワの新芽は、赤味がかったピンク色の茎をしており、茎も葉も淡い白色の産毛におおわれている。ほんの新芽は長さ十センチばかり、生長した新芽は、四十センチから五十センチにも伸びることもある。茎と葉が淡い白色の産毛におおわれている間は、どんなに伸びていても新芽で、味の質が落ちないから伸びているものほど有難い。一時間も摘み集めれば、小脇にひとかかえほどになり、三、四日分のおかずの一品になり、夜の焼酎のつまみにもなる。ツワブキはフキと同じ菊科の植物で、料理方法もフキとほとんど同じである。摘み集めたものを一本一本皮をむき、四、五センチの長さにパキパキ折って、水に晒してアクを抜く。アク抜きしてから、油揚げや豚肉の油身と共に醤油味で煮つけるのが一番おいしい。豚肉の油身と煮つけると、こってりとしたとろけるような味でとてもおいしいが、油揚げと煮つけると、あっさりしたとろけるような味で、また一段とおいしい。

ツワブキの煮つけが食卓に載ると、もうニワトリ達が卵を抱き始める季節、山羊が仔を産む季節、カボチャやキュウリやトマトの種を播く季節が近づいていることが知られる。ツワブキの煮つけは、新しい生命が巡り還ってくる季節の、最初の自然の恵みである。

「もう出たのか」

僕は毎年のことながらびっくりして、まずハシをのばす。そろそろツワブキの季節だなと内心感じてはいても、実際にそれを見つけ、摘み集めて料理するのは順子のすることなので、食卓に載った時になって初めて、僕は如実に春が来ていることを知るのである。

ツワブキの新芽は、フキに比べて繊維がやわらかいので、口の中でとろとろと溶ける。溶けるけれどもやはり繊維分があるので、頼りない溶けようではなくて、しっかりと溶ける。ツワブキの味わいは、口の中でしっかりと溶けるその味わいである。しかし、溶けるのはツワブキだけが溶けるのではない。それを味わっている僕の方もツワブキに溶かされる。油揚げのあっさりした油のしみ込んだ、ツワブキの舌ざわりに溶かされる時、生命が再び巡り還って来る季節である春の、最初の一触れに溶かされるのである。

ところが太郎は、

「なんだ、またツワブキになったのか」

と言うだけで、一切ハシをつけない。太郎が無視するので次郎もハシをつけない。ラーマとヨガは時々つまんでみるが、出されているので仕方なくつまんでいるといった様子である。ラーガは、

「おいしい」

と言う。

かつては、屋久島に住む人々の食卓を賑わす春の最初の食べものは、魚のアラとツワブキを煮つけたもので、そのおいしさは六十歳以上の老人ならば誰ひとり異論を唱える人はいない。ところが四十代になり三十代の人々になると、中にはツワブキなどは見るのも厭だという人が出てくる。この点は唐芋(カライモ)（サツマイモ）についてもほぼ同じである。なぜ嫌いなのかと尋ねると、

もうさんざん食べ尽くして来たので、ツワブキや唐芋を見ると、それだけで貧しく厳しかった島の日々を思い出すからだという答えが帰ってくる。また、小学生や中学生や高校生達は、自生しているもの、自然のものについては、一般にそれが自生しており自然のものであるという理由だけで、味わってみる前からすでに毛嫌いする傾向にある。屋久島にあっては、自然はまだ相対的に人間より優勢にあるので、その本来の価値が知られないのである。

太郎がツワブキの煮つけに決してハシを出さないことに、僕は腹立たしさと淋しさを感じるが、食べたくないものを無理に食べろと勧めることも出来ないので、

「うまいなあ。こんなにうまいものは、まず世の中にはないだろうなあ」

と言ってみせる。

「こんなものは年寄りの喰いものだ」

と太郎は言う。

「ばかなことを言うな。ツワブキのこの味がわからないってことは、そうだな、とりあえずお前がまだガキだってことだな」

と僕は言う。

「食べもしないで、どうして年寄りの食べものだっていうの?」

と順子が助け船を出す。

「こんなものは、年寄りの喰いものに決まってらあ。なあ次郎」

　太郎は次郎に助け船を求める。

「そうだよ。現代はミルクと野菜サラダの時代だよ」

　と十四歳の次郎が、少しおどけて大人びた口調で答えた。

「そうだ。そうだ。現代は肉の時代だ。ツワブキなんぞ喰ってりゃあ、背は伸びないし、筋肉はつかないし。万年補欠がいいとこだあ」

　と太郎が言った。

「マレー・ローズって人を知ってるか」

　と僕は言った。

「そんなもん知らねえよ。いったいそいつは誰なんだ」

　と太郎が尋ねた。

「マレー・ローズってのはな、東京オリンピックの千五百メートル自由型で優勝した選手でな、完全な菜食主義者で、肉なんぞひとかけらも食べない人だった。肉なんぞ喰わなくても、世界一の男になれるんだぜ」

「そいつはツワブキを喰ってたのか」

「いや、それはどうか判らない」

「その人はレタスを食べてたんじゃないの？」

と次郎が言った。

「マレー・ローズなんて奴がツワブキを喰ってたなんて、想像も出来ねえや」

と太郎は言う。

「太郎はトリモモ先生だからね」

と順子。

「トリモモのカラ揚げほどうまいもんはないなあ。なあ次郎」

「トリモモもうまいけど、レタスのサラダもおいしいよ」

と野菜好きの次郎。

「レタスならまだしもだよ。ツワブキじゃなあ」

と太郎。

「ラーガはツワブキを好きだよねえ」

僕はラーガに向いて言った。

「うん。あたし、好き」

とラーガは小さな声で答えた。

「こいつはまだガキなんだよ」

すかさず太郎が言った。

「ガキでも好きなものは好きだろうが」

僕が言った。

「ボクはあんまし好きじゃないや」

とラーマが言った。

トカラ列島の諏訪之瀬島が、来たるべき新しい文明を準備する拠点の一つとして有名になり、アメリカやヨーロッパの若者が常時二、三人は滞在していた頃、プロテイン騒ぎというのが持ち上がったことがあった。プロテインとは、タンパク質のことである。アメリカやヨーロッパの若者は、何かを求めてはるばる日本の諏訪之瀬島までやって来たものの、毎日続く丸麦の主食と、ツワブキの煮つけのおかずにうんざりして、プロテインと叫び始めた。彼らがプロテインという時は、大豆に含まれているタンパク質でも魚に含まれているタンパク質でもなく、肉そのもののことを指していた。諏訪之瀬島には商店は一軒もなく、もとより肉が手に入る筈もない。牧場に放ってある牛が谷底に落ちて死ぬようなことがあれば、肉は食べ切れないほどに廻るが、そんなことは何年かに一度のことであり、それ以外には鹿児島から取り寄せる他はない。当時の諏訪之瀬島は（今でもそうだが）魚はシケでない限りは充分に獲れ、大豆も三〇キロ袋単位で鹿児島から取り寄せていたので、タンパク質の心配など誰一人するものはなかった。

ところがヨーロッパやアメリカから来た若者達は、プロテインという一栄養素にかこつけて、実は肉、肉を食べさせてくれと叫んだわけであった。僕達はそれを笑った。しばらくの間は、プロテインという英語は、欲望そのものの言葉として理解され、誰かが欲望的な言葉を吐いたり行動をしたりすると、プロテインという英語によって、軽くいなされた。

沈黙

タブの木の下の木のテーブルに向かい　みんな沈黙している
空は静かに光り
日輪は透明な光の雨を降らしている
小鳥たちが神代のままに　澄んだ声で啼いている
苦しみの底に
井戸の底に　きれいな砂金が眠っているように
苦しみの底に　ほんとうの私の光がある

みんな　そのことに気づいている
だから沈黙している
大豆の味を味わい
ツワブキの汁をなめ
井戸の底に映された　ほんとうの顔を
それは誰だろうと考えている

この詩は、一九七〇年の四月に諏訪之瀬島のバンヤン・アシュラムに滞在していた時に、作ったものである。

僕は菜食主義者ではなく、肉も好きだし魚も好きだ。僕は、恵まれるものであれば何でも有難く食べる者であり、その意味では食における制禦の思想に、必ずしも与するものではない。食物の陰と陽に少しは関心があり、一切の肉食を排して植物のみを食べる生活を無理な生活とも思わないが、恵まれるものを有難く食べることが、一番自然のことに感じられる。一応、鯨の肉と牛肉は食べないことにしており、防腐剤や着色剤の入った食品はなるべく食べないことにしているが、お客になって呼ばれた席でなどそれらが出されれば、ひとハシふたハシは手を伸ばす。

そういう風に僕なりに食べているが、一番好きなのは自然が恵んでくれる自然のままの食物である。

早春の白川山では、野生の食物としてはまずツワブキがあり、島でダラと呼ぶタラの芽があり、クサギの新芽があり、シダ類の新芽があり、ハンダマ（水前寺菜）があり、椿の花の天ぷらがあり、ユキノシタの天ぷらがあり、野生のミツバやセリのゴマ和えがあり、ノビルの味噌和えがあり、小指の先ほどの春グミのとても甘い実がある。

人間が何の手も加えず、自然が恵んでくれるものを採集して、それを食べて生きて行くことが、本当を言えば僕の理想である。自然採集経済時代と呼ばれる、経済学史上の一時代があって、その時代は、すでに遙かな還るすべもない時代と思いなされているが、それは実はこの合理主義産業文明時代と呼ばれる、この時代のフィクションに過ぎない。自然採集経済時代もひとつのフィクションではあるが、同じフィクションであるならば、僕はインスタントラーメンよりはツワブキの煮つけの方に希望を見るし充足を感じる。

タンパク質は必要だろう。同様に炭水化物も脂肪もビタミンも無機質も水分も必要だろう。

しかしながら、僕に必要であり僕が求めるものは、谷川に口をつけて飲む清らかな水であり、早春のツワブキの煮つけであり、甘いグミの実であり、菜種油で揚げたアブラアゲであり、ニンニクの醤油漬けであり、熱い麦飯であり、木綿豆腐のすまし汁である。豚肉入りのワカメのすまし汁であり、春菊を仕上げにさっと散らした熱い味噌汁である。昨年から一本釣りの漁船に乗り始めたシチューが、朝早く廻してくれるチレやホタやカワハギの味噌煮や焼身である。同じく昨年からサバ船に乗り始めたチョクが廻してくれる、首折れのゴマサバの刺身である。

ツワブキは、煮つけのほかに長時間とろ火で煮込んで、つくだ煮のようにしてもおいしい。つくだ煮用のツワブキは、新芽でなくてもよい。茎や葉をおおっている綿毛が半ばとれてしまった「お兄さんお姉さん」ぐらいのものでよい。シイタケ等を加えて、醤油をたっぷり入れて長時間煮込むと、色が真っ黒になってくる。そうしておけば二年でも三年でも保存出来る。時々取り出して、熱い麦飯にそえて食べると他におかずはなくてもいい。

僕たちは、ひとつの道を歩いている。それは自然の中からこの世に生まれでて、やがて自然の中に還って行く道である。自然に近ければ近いほど、この道は完全に近づく。けれども太郎が言うように、現代は肉の時代でありツワブキなんかの時代ではない。次郎が言うように、ミルクと野菜サラダの時代であり、ツワブキなんかの時代ではない。もちろん現代はまた自然食品の時代であり、過剰の果てに自然食品が求められる時代であるが、これも僕の思っているツワブキの時代とは異なっている。自然食品は確かに食品として上質のものであり、それだからこそデパートに自然食品コーナーがもうけられ、スーパーマーケットにも同様のコーナーがもうけられている。食品としての上質さが、いつのまにか商品としての上質さにすりかえられて、自然食品は高級商品になり下がってしまった。これは最早、ツワブキの思想とは縁遠い。ツワブキの思想とは、この時代にあってはすでに、経済学史のあけぼのとして遙かな過去に葬られてしまった自然採集経済を、再びこの時代に甦らせることである。歴史を、不可逆の進行性の時間としてとらえる時には、ひとたび過ぎ去ったものは再び帰ってくることはない。しかし歴史を、現存する価値ある記憶の記録ととらえ、有機的に取り出し自由の価値の宝庫と見る視点に立てば、かつて存在したものが今また存在してはならぬ理由はどこにもないのである。自然採集経済時代と呼ばれたある時代が、一九八二年というこの時点において一見突如として甦ることは、論理的に見ても感性的に見ても、少しも奇異なことではない。僕達はツワブキを摘み集め、煮つけて食べることによって、例えばレタスを買わないですみ、レタスを買わないで済むことによって、労働時間を一分間くらいは短縮することが出来る。そしてその一分間を、空を眺めて過ごすことだとか、友達と楽しいおしゃべりをすることだとか、労働ではなく自己の仕事に振り向けることが出来るのである。

自然採集経済とは、別の言葉で呼べば、静かな本来の楽しみを真の楽しみとして生きることである。道端や畑の奥のやぶや、陽当たりのいい山の斜面でツワブキを摘み集めることは、少しも宗教的な行為ではないが、すべての宗教が目指している平和で充ち足りた心、核兵器などあり得ない争いのない世界を生活の中で実践して行く、信仰の行為でもある。

お天気がよくて、暖かい風が流れる日に恵まれると、一湊部落のお婆さん達がツワ採りに出てくる。お婆さん達は背中に陽を浴びて、黙々とツワの新芽を摘み集めている。その平和な風景に誘われて、順子だけではなく僕までも為すべき仕事を後に廻してその風景の中に入って行く。この二、三年はツワブキも商品価値がつき、キロ当たり五百円というような高値で取り引きされるようになったが、一湊部落のお婆さん達と同じく僕たちも、ツワを売ってお金に変えようなんぞとは少しも考えることが出来ない。と同時にもちろんそれはレジャーでもない。暖かい風を全身で呼吸しながら、どこの誰のものでもない自然の恵みのツワブキの新芽を探しまわることが、春という季節がとうとうやって来た喜びであり、春の生活そのものなのである。

一本のツワの新芽を見つけ、それを根元からスポッと引き抜くことは、そこに、僕のかけがえのない人生の時があり、お婆さん達のかけがえのない人生の時があり、順子のかけがえのない人生の時があることを、同時的に教えてくれる。その同時性は、疑う余地なく平和であり、地場に在ることの平和である。

境い目

　ナバ山へ山羊の草を刈りに行く途中で、ふと耳なれない音を聴いた。沢の音や山を走る風の音に混じって、それらの音とは異なる音楽的な音がかすかに聴こえてきた。何だろうと思って足を止め、耳を澄ませてみたがやがてその音はしなくなった。空耳かなと思いつつしばらく歩いて行くと、また遠くかすかにではあるが、その音が聴こえてきた。少し気味悪くなって再び足を止め耳を澄ますと、確かに自然のものではないオルガンのようなアコーディオンのような音がする。しかしこの白川山の山の中で、オルガンを弾く者があるわけはなくアコーディオンを弾く者があるわけではない。これは風の具合で何かの木と木がこすれ合って、そんな音を出しているのに違いないと決めて、気にするのをやめてナバ山の奥に入って山羊の草を刈った。

　次の日もナバ山へ草刈りに行った。するとその日も同じような音が聴こえた。幻聴にしてはあまりに明らかに聴こえるし、幻聴でなく実際の音だとすれば、あまりにも音楽的で気味が悪くなった。沢の音よりはるかに小さく遠く、風の音よりもかすかなのだが、厚味のある底深い響きが伝わってくるのだった。

屋久島では、旧暦の正月と五月と九月の十六日の日を山の神の日としており、その日は山の仕事は一切しないことになっている。昔から様々な言い伝えがあって、山の神の日に山に入って焚木を採っていたら、山姫に出会って魂を抜かれたというような話が、現実にあった出来事として今も語られている。僕がその音を聴いた二日間は、どちらも山の神の日ではなく、従って山姫に出会う日ではない筈だったが、もしかしたらそれが島人の言う山姫の誘いなのかも知れないという気持ちがした。自然界にあってはどんな不思議も起こり得ることであり、山姫の存在も島人が言い伝えているからには事実だと思うが、だとすればその音楽は山姫の誘いかけなのかも知れず、うっかりその音に近づいて行けばとんでもない事故に出会うかも知れないと思った。しかし僕のあてにならない理性は、本当は山姫の存在を信じていなかったので、その日もまた木と木がこすれ合ってたまたま風の具合でそんな音になったのだろうと決めて、草を刈り家に帰った。家に帰って順子にそのことを話すと、

「そりゃ山姫よ。あなたが女の人好きなもので、とうとう山姫が現われたのよ」

と冗談とも本気ともつかない言い方をした。

次の日はナバ山に行く気にならず、トラックを運転して林道のかなり奥まで草刈りに行った。

無理をして木と木がこすれ合う音だと理解したが、木と木がこすれ合ってそんな音楽的な音が出るものではないことも、僕は知っていた。

林道の片わらにゴメジョの木の群れがあるのを見つけ、伐り倒して枝を払っていると、不意にかなりの近さで例の音楽が鳴った。これには僕はどきっとした。もう耳を澄ます必要はなく、音は明らかに片わらの白川（しらかわ）の本流を覆う森の中から聴こえてきた。その近さは、音の源をさぐって百メートルも行けば、必ずそこにたどりつける程のものだった。一瞬、さぐってみたいと思ったが、やはり気味悪さの方が先に立ち、大急ぎでゴメジョを刈り集めてトラックの荷台に積んで引き返した。もしかしたら、一湊の物好きな青年が何かの楽器の練習に登ってきたのかとも思い、引き返しながら注意して林道の左右を見て行ったが、一湊から人が来るのであれば必ず乗って来る筈の、車もバイクも停めてはなかった。幻聴ではなく実際の音楽で、白昼にそんなものが聴こえるとしたら、山姫か、そうでないとすれば僕の感覚が狂ったとしか思えなかった。

引き返す途中で安（や）っさんに会ったので、

「この二、三日、山に入ると妙な音楽が聴こえるんだが、安っさんには聴こえない？」

と尋ねてみた。安っさんは四年前からの白川山の住民で、一年前から炭焼きをしており、山のことには詳しい男だからだった。

「ああ、あれは神宮君がサキソフォンの練習をやってるんですよ」

と安っさんはことなもげに答えた。

「えっ！」

と言ったまま、僕はそれこそあいた口がふさがらない気持ちだった。

「なんでまた神宮君が……」

「おれもよくは判らんけど、最近大阪からサキソフォンを取り寄せて、始まったみたいよ」

安っさんが説明してくれた。

僕はほっと息をついたものの、それが山姫の音楽ではなくて、神宮君のサキソフォンのコードの練習だったことを知って、一方ではすっかり拍子抜けしてしまった。

ネパールの民話に、焚木採りが山に入って焚木を採っていると、藪の奥から声がして、

「もっと奥にくれば、もっといい薪があるよ」

と言う。

焚木採りがその声に呼ばれて奥に入って行くと、

「もっと奥にくれば、もっといい薪があるよ」

と呼ぶ。

声に呼ばれて奥に入ると、声の主は魔物でたちまち襲いかかって来て、食べられてしまった。

山には、人間が入って行ってよい境い目があり、それを越して入って行ってはいけない境い目があるように、僕には思われる。僕が多少とも、山姫のものであるかも知れない音楽におびえたのは、僕がナバ山と呼ばれている山を伐り払って、そこをブルーベリーを主とする果樹園として開こうと計画していたからである。僕はチェンソウは使わず、山鋸(のこ)一本で山を開いているのだが、それでも山を開くという行為に、あるうしろめたさを感じていた。ナバ山を開くということは、僕にとっては生活上の必然の行為であるが、それはもしかすると僕に許されてある範囲を越えて、山姫の領分を犯し、魔物の世界に侵入してしまっているのではないかという、危惧があった。チェンソウではなく山鋸一本持ってなら、どんな山奥にまで入って行ってよいという気持ちはあるが、一方では、山は山として山姫の領域として山の神の領域として残しておく必要があるとも思っている。その領域を犯す時、山姫は犯した人の魂を抜き取り、山の神は一変して魔物となりその人を滅ぼすのであろうと思っている。

最近、屋久島の西部地区の瀬切(せぎれ)川流域の八百ヘクタールの原生林に関して、それを伐採するという林野庁の方針と、永久に保存すべきだという島民の声が対立して、僕もその島民の一人として永久保存の立場に立った。島民の中には、国有林の伐採に就労することで生計を立てている人が少なからず有り、その人達は、国有林を伐採してその跡地に杉苗を植えることが、何故いけないことなのかという疑問を投げかけた。それこそは生活であり、生活することが何故いけないのか、というのがその人達の問いかけだった。「屋久島の生活を守る会」という会を作り、その人達は島民の世論に訴えた。一方で、僕もそのメンバーの一人である「屋久島を守る会」の人達は、屋久島の貴重な原生林を守ることこそが、屋久島の生活を守ることであるという立場で、島民世論に訴えた。屋久島は山岳島であり、その七割強が国有林である。国有林の経営と島民の生活が切っても切れない関係にあり、林野庁による伐採と植林事業がなければ、直接的間接的に多くの島民の生活に影響を及ぼすことはよく理解できた。しかし一方では、屋久島に住む人達の心と生活の源が屋久島の原生林にあり、原生林が貧弱な杉の植林にとって代われば、やがて島人の心のよりどころも生活のよりどころもなくなり、都市住民と同じお金だけがよりどころの漂民になってしまうだろうことも目に見えていた。

僕は「屋久島を守る会」のメンバーの一人として、ある日瀬切川上流域の伐採予定地を見に行った。そこは、海岸線から標高千二、三百メートルまで連続して残存している、日本で最後の原生照葉樹林帯で、上層部にはモミやツガの大木、屋久杉、ヤマグルマの大木が生い繁っていた。下生えのハイノキの緑色が冬であるにもかかわらず、胸に沁みいるように美しかった。新しく林道を延長する予定のコースには、すでにクイが打ち込まれ、それに従ってまず伐採される予定の樹々には、プラスチックの番号札が打ちつけてあった。番号札を打ちつけられたふたかかえもみかかえもある一本一本の大木達は、それでも雄々しい神秘性を保って呼吸していたが、すでに山姫の気配も山の神の力も感じられず、聖なるものは失われていた。山姫や山の神の力や聖なるものは、もっと奥の山へ隠れてしまったと書きたいところだが、その奥の山もすでに伐採が終わり、屋久島に残された原生林は、わずかな保護地域を除いてもうどこにもないのだった。屋久島の国有林の内、伐採済の地域を黒色で塗りつぶして行くと、もうほとんど真っ黒であり、白色のまま残っている所は、なさけないほどの小部分に過ぎない。黒色に塗りつぶされた地図を見る時、胸にやり場のない悲しみと憤りが交互に渦巻く。

プラスチックの番号札を打ちつけたのは、林野庁営林局を出先機関とする国家権力である。一人の営林署の職員では、そんな大それたことが出来るわけはなく、プラスチックの番号札を打ちつけ、チェンソウをうならせ、ブルドーザーを侵入させてこの原生林に林道を通し、林道を拠点にしてやがて全山を伐り払ってしまおうともくろんでいるのは、まぎれもない日本国家であり国家が持つ力である。

僕達の時代が悲劇的であり、喜劇的でもあるのは、国家の名において戦争がなされ、国家の名において核兵器が開発され、国家の名において原子力エネルギーが肯定され、国家の名において自然が破壊され、原生林が消滅させられているにもかかわらず、いまだに僕達が国家という幻想にしばられつづけており、国家とは別の幻想、理念を提出できないところにある。

山姫の時代はすでに過去になり、山の神の時代も過去になったと、神々しい数々の大木にプラスチックの番号札を打ちつけて、産業国家は自らの力を謳歌している。本来、地域共同体＝場共同体の下位概念である筈の国家という連絡機関が、武力と共に権力を握り、地域を支配し場に命令を下し、やがて地球全域を統一しようともくろんでいる。

僕あるいはあなたという、国家とは縁もゆかりもなく、武力は元より権力を持たない一個人は、もう何十年も何百年も何千年も絶えることなく国家により支配され命令されてきた。支配することも支配されることもなく、命令することも命令されることもない、自由世界である地域及び場のヴィジョンと現実は、この何千年間絶えず支配され命令されることを素直に受け入れることで生きのびてきた。

僕が瀬切川流域の原生林で見たものは、個人であればとても犯すことの出来ないような領域を、国家という大義名分は白昼に堂々と犯しつづけているという厳粛な事実であった。個人ではこのような犯罪は行ない得ない。国家でなければこのような犯罪は行ない得ない。「人を一人殺せば犯罪者となるが、人を百万人殺せば英雄となる」という、あの悲しい人であったチャールズ・チャップリンの言葉が、プラスチックのアウシュヴィッツ収容所にも似た番号札を見る時に、思い出された。

第二次世界大戦の最中、僕は父母の生まれ故郷である山口県の向津具(むかつく)半島（現在の油谷(ゆや)半島）

の祖父母の家に疎開していた。東京の家を守っている父母と離れて住むことは淋しかったが、四人の息子をすべて戦場に送り出した祖父母の慈しみの中で、僕は何不足なく幸福な国民学校一年生になっていた。その頃の僕の宝物は、ジョーロだった。ジョーロというのは、背中に白と黄色の横じまのあるクモのことで、大きくなってからそのクモがジョロウグモという和名であることを知った。ジョーロは、晩春から夏にかけての子供の頃の僕の野の宝であった。ジョーロは、トンボや蟬のように当時はどこにでもいたありきたりの昆虫ではなく、人の行かない野の片隅や高い崖の上の方や、遠い無人の山の道端などにひっそりと静かに、けれどもそれを見つけた村の子供なら誰でも心が踊り上がるような美しい姿で、巣を張っているのだった。純粋な自然界と人の住む自然界との間には、目には見えない境い目がある。たまたま子供が、純粋自然界に心を奪われそこに歩み入ろうとすると、その境い目にジョーロがひっそりと美しい姿を現わして、ここから先は入ってはいけない、私を見つけたことに満足して人間の世界に帰りなさい、と告げているように今にしてみれば思われた。

ビロードのようなつややかな黒い背中に、白と黄色の横じまがあり、特に肩に近いあたりの白色の輝きは胸がぞくっとするほどに輝かしいものであり、神秘な感じを子供の僕に与えてくれた。ジョーロ採りに行って、一時間も二時間も一匹も見つからず、いつのまにか人間の子供の活動範囲の自覚を失って、今にして思えば幽界とでも呼びたい純粋自然の境界にさまよいこもうとすると、そこに必ずジョーロが、二本ずつ前足をきちっとそろえて待っていた。今でもその野の末の感覚をはっきりと覚えている。人間の子供というより、野の子供といった感じになって次第に自分を失ってゆくと、ああそろそろジョーロがいそうだなという感じになってくる。ジョーロは、たいがい静かなひっそりとした陽だまりに、不意に姿を現わすものなので、そういう場所へそういう場所へと本能的に探り入って行くのである。ここにはいそうだと、一歩野の果てに足を踏み入れても、そこには何もおらず、がらんとした明るい淋しい野があるばかり。ここにはいそうだと、更に深く歩みを進めてもやはり明るく淋しい野が静まりかえっているばかり。そういうことを続けて行って、少しずつ自分を失い、いつしか目には見えない境い目を、遙かな幽界へと越えて行こうとする時、不意にここにはいるぞという確信がわき、そこには必ずあの野の宝石であり奇蹟であり、野の霊であるジョーロがいるのである。

今でも僕は、一度に三匹のジョーロが、二、三メートルの距離をへだてて巣を張っているのを見つけた時の、言うに言われぬ神秘な幸福感を忘れることが出来ない。それは確かにこの世の光景ではなかった。まるで幻想そのもののようだった。僕は夢かと疑ったが、夢ではなく確かに三匹、それも大きい奴が三匹、しんしんと光を放ってそこに巣を張っていた。僕は素早く片わらの喬木の小枝を折り、巣ごとその小枝に三匹のジョーロをからめ採った。その時の僕は物いわぬ幸福の絶頂にあり、それ以後二度とそのような静かな幸福感を味わったことはない。

今でも僕は夢の中で、時々自分のこれまでの人生の中で最も深い幸福を味わったその時を求めて、野の果てへ、野の果ての幽界との境い目のひそやかな陽だまりの中へとさまよい出すのである。そして夢の中で三匹の輝くジョーロを見るが、見てもそれは遙かに遠く自分のものとする前に消え失せてしまう。三十六、七年前の現実のようには、それをつかまえることが出来ない。それはたぶん僕が大人になったせいで、大人になると、子供ならつかまえることが出来るものも、つかまえることが出来なくなるのであろう。
大人の僕は、しかし屋久島に住み六度目の春を迎えようとしている。この四、五日久し振りに詩を二つ書いた。

見たもの

浜辺で　大きな海亀の屍体を見た
長さ一メートルばかりの大きな海亀が
甲羅もなかばはがれ
両手足をだらりとのばし　首を砂の中に突っ込んだままの姿で

腐りはじめていた
春の海から
この砂浜へはるばる送られてきた海亀の屍体を見て
私は　私の一部がそこに死んでいるのを見た

私のラーマクリシュナは
「心を世俗の思い煩いから浄めて　人気の無い静かなところにすわり　自分が霊におい
て神と一体であることを感じるように瞑想せよ」
と言われた

拾ったもの

山で　鹿の角を拾った
まだ新しく　欠けたところもない立派な角だった
その角を生やして山野を駈けめぐっていた若い雄鹿の姿が

眼に浮かんだ
今その角は役割を果たし
地に落ちて私の手に握られた
木洩れ陽がちらちらと差し込む森の中で
私の肉体もそのように地に落ち
大いなるものの手に握られんことを祈った

失われたものが、本当は何なのか。それは本当に失われたのか、僕には判らない。しかし、山が伐られ、海が汚染され、僕に悲しみと憤りだけが残されたことだけは確かである。悲しみと憤りをかかえて、僕は白川山というこの世のひとつの境い目に立ち、その狭い道を歩いている。

桃の花

三月のカレンダーをめくると、

「雛の燭　明るく灯さねば淋し」

という句が目についた。

俳句文学館という所で発行している俳句カレンダーで、毎年、俳人でもある東京の母がわざわざ送ってくれるものである。

僕は俳句が好きである。この十年来は折に触れて句作を続けてきたが、最近は調子が悪くて一句も出来ない。一句も出来ないが、わずか十七文字の内に自然の季節が巡り、その中で生きる人の生活があり、人間の心が歌われる詩の形を、自分の詩の形のひとつとして大切にしている。抽象概念の連続から成る、分析知性の展開に過ぎないいわゆる現代詩と呼ばれるものより、俳句の方がはるかに詩本来の姿に近いと僕は思っている。俳句は簡潔であり、嘘がない。現代詩は複雑で嘘だらけだ。だから現代詩からは感動がやって来ず、俳句からは時々さわやかな真実がやってくる。

終戦後に第二芸術論というものが唱えられ、俳句や短歌は、現代詩、戯曲、小説等の文学形式に比べて一段劣る第二芸術であると蔑まれたことがあった。現在そんな馬鹿な論議をする人はなく、もしそれを敢えてするなら第二の位置に落ちるのは確実に現代詩であろう。僕の感じからすれば、現代詩はそれ程までに枯渇してしまった。大衆の心に響かぬ百冊の詩集を出した所で、それは詩でも詩人でもないことを、現代詩人諸賢はよくよく反省する時であると思う。

白川山の三月は桃の花と共に始まる。今年は家の前の桃の木が初めて大量の花をつけてくれたので、僕はあちこちへ手紙を書くたびに、桃の花が満開です、桃の花が満開です、と書き送った。

この桃はしかし、タダモモとかヒゲモモと呼ばれる種類の桃で、花が咲き実がなるが、実はせいぜい手の親指大にしか太らない。それでも熟してくれれば有難いが、大方は途中で落果してしまうので食用にはほとんど望めない。そうとは知らず、この地に移ってきた年に早速一枝の山の桃の枝を切り取って、いそいそと家の前に挿し木をした。直径二センチもある太い枝を、水揚げもせずに無造作に挿しておいたのがそのまま ついて、今では根廻り三十センチ以上の立派な桃の木になっている。毎年、三月三日の雛祭りの頃に満開になることを願うのだけど、これまで一度も思い通りに咲いてくれたことがなかった。木は年々に成長して大きくなって行くのに、花の方は一向に咲いてくれず、毎年五輪か六輪、ポチポチと咲いてそれで終わってしまうのである。山のあちこちに自生している木は家の木よりずっと小さな木でも見事な花を咲かせているのに、家の桃の木だけは、咲いてくれないのである。

僕と順子の間には四人の子供が生まれたが、女の子は一人も生まれて来なかった。女の子の生まれて来ないような家には桃の花も咲いてくれぬのかと、情けない気持ちだったが、生まれないものは生まれず、咲かぬものは咲かぬので如何ともし難かった。その原因は、僕の観察した限りでは主として台風にあった。八月、九月のまだ葉の青々と繁っている頃に、強い台風が二つもやって来ると、桃の木は葉一枚残さずに丸裸にされてしまう。すると桃の木は、落葉し終わったと感ちがいしてすぐに花芽をつける準備を始める。そして十二月頃の穏やかな天気の日々を春と思い込んで咲いてしまうのである。狂い咲きだからぽちぽち咲きで、咲いてくれても十二月の桃の花なんてほとんど何の情緒もない。本物の冬が来、春が来ても、もう木は季節感が判らなくなってしまっていて、ポチポチの花を咲かせることしか出来ない。山の木は周囲に他の樹木があるので、直接台風の被害を受けず、どうにか季節感覚を保って春になれば例年どおり花を咲かせるのである。

去年は、屋久島はめずらしく台風の直撃を一度も受けなかった。葉も半分以上は正常に落葉したので、今年こそは大丈夫だろうと思っていたら、悲しいことに去年の暮れにまたもや狂い咲きの花をかなりの量咲かせてしまった。たぶん僕の家の桃の木は、十二月に花咲く狂った習性を身につけてしまったのだろうと思った。ところが年が明けた頃から、新しい花芽がどんどん吹き出してきて、二月に入るとぼちぼち咲き出し、咲き続けて、三月三日には絵にかいたような満開となった。僕は嬉しかった。とうとう僕の家の桃の木も、よその木並みに花をつけてくれた。ただ花が咲いただけなのに、それを友人知人はおろか、全然知らない人々にも大声で伝えたいと思った程だった。

東京の親しい絵描きの友達であり、俳句仲間でもあるアニキこと高橋正明が駆けつけてくれて、

「おっ、サンセイ、やったじゃない。一杯飲まんばよ」

と言ってくれないかなと想ったり、諏訪之瀬島のピイちゃんが来てくれて、

「サンセイ、喜びすぎてはだめよ」

とくぎをさしてくれないかな、などと想ったりもした。もちろん、東京の母が来てくれたら、

「いい時に来合わせてよかった」

と賞めてくれるだろうとも想った。僕は一日中何となく嬉しくて、せめて一湊の千恵子先生のお宅へはしっかり届けようと枝振りのいい所を五、六本切り取り、家の祭壇にも存分に切り

取って飾り立てた。ラーガ達の部屋の千代紙のおひな様にも桃の花を飾った。

しかし、今年の三月三日の夜は、思いもかけぬ出来事が二つ続けて起こり、満開の桃の花の喜びと、雛祭りの御馳走は跡方もなく吹き飛んでしまった。

夕方、二月二十七日に到着したばかりの初生ビナ約百羽にエサをやるために育雛(いくすう)小屋に行って見ると、ヒヨコの声がピィとも聴こえなかった。おかしいなと思って育雛箱のふたを開けてみると、ヒヨコ達が打ち重なるようにして一羽残らず死んでいた。それを見た時、どうしてもそれが事実とは信じられず、嘘だと思った。嘘であってくれ、と願った。何かのマジックにかかったのだと思い、一瞬も早くそのマジックがとけてくれと願った。しかしそれはもちろんマジックでも嘘でもなく、眼前の事実で、逃れることの出来ない現実だった。原因を調べてみると、イタチだった。ヒヨコ一羽一羽の耳の横あたりに、針で刺したような小さな穴があり、そこからかすかに血がにじみ出ていた。穴は小さくて、血がにじみ出ていなければ、そんな所に穴があるとは誰にも判らないようなものだった。更に調べてみると、育雛箱の下部の三分厚のベニヤの一ヶ所が囓られていて、イタチ一匹が出入り出来るだけのすき間が出来ていた。

これまで何度も初生ビナの育雛をやって来たが、そんなことは初めてだった。

「イタチは恐い」

という話はあちこちで聴いていたし、僕も僕なりに用心している積もりだったが、それは大ビナや成鶏に関してで、初生ビナにまでかかるとは知らなかった。一羽や二羽ならともかく、全部完璧にやってくれるとは、夢にも知らなかった。やられてみて初めて、一匹のイタチが、一人の百姓の一年の作業計画予定を、わずか二時間の間に、根底からひっくり返すだけの力を持っていることを知った。

養鶏にもともとあまり興味のない順子にそのことを告げると、順子は意外に一言の非難の言葉も吐かなかった。

「冬の育雛は、やめた方がいいわ」

とだけ言った。

その出来事があって、雛祭りのはなやいだ気持ちは僕の内から完全に脱け去ってしまった。一湊の町へ下って、子供達に雛菓子とジュースでも買って来てやろうと思っていたのに、そのショックに耐えているだけのことに精いっぱいで、一湊に下るどころではなくなってしまった。晩御飯になり、食卓には五目御飯と、豆腐のすまし汁と、魚のカラ揚げの御馳走が載っていた。僕には砂をかむような食事だったが、子供達にはやはり楽しい雛祭りの夜の食事で、背後の戸も開け放って外気を存分に入れながら食べ始めた。食事が終わりにかかり、いつもゆっくり食べる太郎と僕と順子だけが残っていた時、順子が表の方でパチパチ音がすると言って見に行った。

「来てエッ！　火事だァ！」

　順子の叫び声がした。はじかれるように飛び出して行くと、風呂場の横の焚木小屋の板壁に火がついて燃えていた。火事というほどではないが、焚木小屋が燃えているのだから、火事にはちがいなかった。風呂の湯をぶっかけてすぐに消し止めた。板壁が二、三枚こげた程度で大したことではなかったが、当然原因が追求された。

　太郎が風呂に入っていた時、湯が熱く湯量もたっぷりあるのに、まだ下からはがんがん燃えているので、その日の風呂焚き当番のヨガに薪（まき）を引けと言った。ヨガは薪を引いたが、風呂場の中では煙いので、外に出せと太郎が言った。ヨガは燃えさしの薪を、煙くないように焚木小屋の横まで運んでおいた。一度に三本も引いたので、引いた所でまた火が出て焚木小屋を燃やし始めたというわけだった。

　皆の非難は、当然そんな所に燃えさしを持って行ったヨガに集中した。やがて六年生になるというのに、ヨガは実際的なことは何をやってもうまく出来ないでいる。風呂焚きひとつにしても、日頃から一つ年下のラーマの方が上手である。しかし、全員でヨガを責めては、ヨガの煙くないようにちょっと遠くまで運んだ努力が無視されて、可哀そうなので、

「太郎も太郎だ。一番風呂に入りながら薪を引けなんてことがあるものか」

　と僕は言った。

「そうよ。あんたもあんたよ」

と居間に引き返して再び御飯を食べ始めた太郎に順子も言った。

「お風呂が熱かったらうめればいいじゃない」

と言った。

「なんだとお、もう一回言ってみろ」

太郎がどなった。

「お風呂が熱かったらうめればいいじゃない」

順子が言った。

「このやろお！」

叫びながら太郎は、目の前の食卓をどーんとひっくり返した。僕はそのやりとりをまだ風呂場にいて、念のため一度消しておいた風呂の火を再び燃やしながら聞いていたのだった。食器類の割れる音、太郎がダダッと走って一発ヨガにかまし、ヨガが泣き声を上げ、太郎の部屋の戸が開いて閉まる音がした。僕が母の食卓を怒ってひっくり返したのは、大学生になってからだった。二年か三年、この野郎、早くやりやがったな、と僕は思った。

我家では、焚木採りの責任者は太郎である。太郎はウイークデーはすべて野球の練習で、夜暗くなってからでないと帰らないし、日曜日も午前中は練習に出て午後二時頃帰ってくるので、明るい時間で自由に使える時間は、日祭日の午後二時から日暮れまでである。その間に太郎は子供達全員を引き連れて山に行き、二週間か三週間分の焚木を集める。鋸で引き、太過ぎるものはマサカリで割って、すぐ使えるように焚木小屋に井げたに組むまでが太郎の責任である。だから太郎は薪を大切にする。自分一人でやるわけでなく子供達全員でやるのだから、薪がどれだけ大切なものかは子供達一人一人が判っている筈である。

少ない薪で上手に有効に火を燃やすこと、これは山で生活する上での一つの鉄則である。いろりにしろ風呂にしろ、ぼうぼう馬鹿火を燃やす山の人はどこにもいない。太郎は太郎なりにそれを心得ていて、ヨガにもラーマにも風呂の燃やし方についてはしつこい程に注文をつける。ちょっとでも火の燃え方が強すぎたり、あるいは逆に、これから入る人の数を考えてとろすぎたりすると、当番のヨガかラーマを時にはなぐりつけても教える。風呂焚きは、野球と同じく真剣勝負なのだ。だから僕は、風呂のことはすべて太郎に任せている。食卓をひっくり返して食器や、大切にしていた順子の実家の二本松市の万古(ばんこ)焼きの急須が割れてしまっても、それはそれでよかった。困ったことは別にあった。

三月三日は、太郎の期末試験の初日だった。試験はあと三日間か四日間ある筈だった。太郎は試験のあるなしに関わらず、夜の十二時を目安に勉強しているのだが、その日はそのままふて寝してしまったらしかった。そして、次の日は学校に行かず一日中部屋に閉じこもって寝ていた。次の日も同じだった。試験期間が過ぎても学校に行かず、もちろん食事にも出て来なかった。順子はおろおろし始め、僕に何とか言ってくれと言うのだが、僕としては何も言うことはなかった。順子はそれなら誰か他の人に頼んで説得してもらう、と言ったが、僕はそれもやめさせた。学校に行かないなら行かないで仕方ないし、御飯を食べないなら食べないで、それも仕方がなかった。家の中に重い空気が流れていた。一日中太郎の部屋を見守っているわけではなかったが、見ていると時々バイクに乗って一時間ばかり出かける様子だった。たぶん一湊に下って、パンと牛乳でも買って食べているのだろう。五日間が過ぎた。

僕としても無視しているわけではなく、そのことがこれまでの太郎の人生で起こった最大のピンチであることを感じていたので、無言の内にそのように対応してはいた。太郎がうまく切り抜けてくれるよう願っていた。戸を閉め切りふとんの中にもぐり込んで、太郎が一日中何を考えているのか、それに最大の興味があった。家を出ることを考えているのだろうか。自殺を考えているのだろうか。学校をやめることを考えているのだろうか。それとも現実にその具合の悪い状態にどうやって終止符を打つかを考えているのだろうか。

六日目が過ぎ一週間が過ぎた。八日目の夕方、僕がニワトリのエサをこしらえていると、僕と二人で作った太郎の部屋の戸が開いて、赤いヘルメットをかぶり学生服を着た太郎が出て来た。この一週間の間にずいぶんやつれて見えた。二、三秒立ち止まって太郎は僕に何か言いたそうにした。

「何処へ行くんだ」

喉まで声が出かかったが、僕はそれを呑みこみ、無視してエサ作りを続けた。太郎はバイクに乗り、見えなくなった。僕は立ち上がってその後ろ姿を見送った。その時、何故か僕は太郎が死にに行くのではないかと感じた。そう感じて急に悲しくなった。しかし、そのくらいのことで死ぬのなら、死んでも仕方ないという気持ちは変わらなかった。ニワトリにエサをやり終わり、集めた卵をみがいて、一湊に売りに行くためにバイクに荷造りをしていた時、赤いヘルメットのバイクが帰って来た。僕には何故かそれは意外なことだった。太郎はもう帰って来ない筈だったのに、帰って来た。僕の胸に喜びがこみ上げてきた。

バイク小屋へ太郎はバイクを入れ、僕はバイクを出した。ヘルメットを脱いだ太郎に、

「そろそろ飯を喰わないと、体をこわすぞ」

僕は自然に声をかけた。

声をかけておいて一湊へ下った。一湊から帰ってくると、開け放したままの入口の戸から、太郎が皆と一緒に晩御飯を食べている後ろ姿が見えた。僕はすぐには家の中に入らず、もう八分通りは散ってしまった桃の花を見上げ、その上のうすくかすんだ空を見上げた。入口横に引いた水道で両手と長グツを洗い、それから家に入った。

順子はにこにこ顔で、太郎に二杯目の御飯をすすめているところだった。

「やめておけ」

と僕は言った。

「断食のあとで急にたくさん物を食べるのはよくないよ」

「ああそうだった。本当はおかゆとウメボシの方がよかったのよね」

順子も素直に同意した。太郎も格別に二杯目を食べたそうでもなかった。

食事が終わると道人と遊ばず、僕はすぐに自分の部屋に引き上げた。そして、昨年の十月に出した『聖老人』という本の別刷り小冊子の中の、マモこと加藤上人が書いてくれた一文を読み返してみた。マモは乞食学会(バムアカデミー)の頃からの友人で、部族の頃は同じアパートで共同生活をし、その後も親しく行き来していたが、やがてインドに渡り日本山妙法寺の僧となって、現在はアメリカのボストンに腰をすえて弘法(ぐほう)にたずさわっている男である。

「南無妙法蓮華経
人類は疑いもなく運命の曲り角に立っている。六〇年・七〇年の安保闘争を通じて、誰が一体この危機を予測し得たであろうか？　さもなければ、無数のあの正義感に燃えたる生命の群れが、ことごとく消え去ってしまったということはどういうことであるのか？　三省兄との最初の出会いの時から十七年程も経っただろうか？　そして、しばらくは共に、来たるべき文明の夢を夢見もした。精神文明の意味に多くが混乱していた。核兵器による地球全滅の危機は、人類が自らの安全を武力をもって維持するという考え方の帰結として生じた必然的事態である。

暴力は暴力によっては滅び去らぬという聖賢の古来からの教えに、今しっかりと我々は開悟しなければならない。軍備を全廃する、平和憲法を守ることが日本人の全人類に対して為し得る最高の輝かしき貢献である。核兵器を持たないために、たとえ亡ぼされたとしても、それは不名誉なことではない。疑いと恐怖が世界を亡ぼす。非暴力、不殺生の真理の光の中に勇気を持って立ちあがる。この精神文明の運動を立正安国という。今日の時にあたり、私はこの見果てぬ夢を焦燥感を持って追い続ける。三省兄よ、貴兄もまた、この夢を信仰の中にうち建てておられるだろうか？　合掌」


僕がこの文章を読み返さなくてはと思ったのは、この文章の中に、太郎にその晩是非とも与えておきたいメッセージが、確かにあったと思われたからである。それは確かにあった。

「核兵器を持たないために、たとえ亡ぼされたとしても、それは不名誉なことではない。疑いと恐怖が世界を亡ぼす。非暴力、不殺生の真理の光の中に勇気を持って立ちあがる」

僕が太郎に与えたかったメッセージはこの一節であった。学校に行くのは悪いことではない。学校に行かないことも悪いことではない。どっちにしても悪いことではないが、本当はそんなことはどっちでもよいのだ。太郎は今年は三年に進み、進学希望ということで受験態勢にすでに入っている。

大学進学に際して、卒業はせず四年間の自由時間を手にするという気持ちだった僕の無頼の反動か、太郎はしっかりとした稼ぎのある人間になりたいという目標を立てて、大学を目指している。僕のすすめる農学部には見向きもせず、工学部を目標にしている。それはそれで悪いことではもちろんないと僕は思っている。しっかりした稼ぎのある人間になることは悪いことではない。

しかし、大学に行くことや工学部に行くことやしっかりした稼ぎのある人間になることは、マモ上人の言う「核兵器を持たないために、たとえ亡ぼされたとしても、それは不名誉なことではない」という言葉をないがしろにしてよいということではない。

僕が家の前に、この地に移ってくるとすぐに桃の木を挿したのは、他でもない。

春よ来い　早く来い
あるきはじめた　みいちゃんが

赤い鼻緒の　じょじょはいて
おんもへ出たいと　待っている

春よ来い　早く来い
おうちのまえの　桃の木の
蕾もみんな　ふくらんで
はよ咲きたいと　待っている

という童謡の風景の中に、僕は自分の心の原風景を見るばかりでなく、日本人の心の原風景をも見るからである。

みいちゃんではなくミチトが、この春は歩きはじめた。お天気の良い日には、ほんとうに外に出たくて出たくてうずうずしている。男の子だから、赤い鼻緒のじょじょではなく、今の時代だから小さな黄色の長グツをはかして外に出すのだが、満開の桃の木の下で、その花びらを拾って遊んでいるミチトの姿は、千年変わらぬ平和な姿であり、千年変わってはならぬ平和の姿である。

僕達に必要なのは、コンピューターでも半導体でもなく、日本国家でもなく、まして核兵器などではない。僕達に必要なのは、そこで子供が生まれ育ち、成人するのを見とどけ、やがて年老いて死んで行ける、僕達のものであるただの平和の場である。一本の桃の木があり、その満開の花の下で、歩き始めたばかりの幼な児がにっこり笑っている、普遍の小さな場であり時である。

白川山

川の音が久し振りに聴こえてきた。

川の音を聴く時、僕は自分が自分自身に近づいていることを感じ、解放に近づいていることを感じる。白川（しらかわ）は僕の家のすぐ側を流れているだけでなく、谷川と呼んでもいい急流なので、その音は絶えず僕の日常生活の中に響いている筈である。実際、五年前にこの地に移ってきたばかりの頃は、夜は川の響きが大きすぎて安眠できないほどであった。それがいつのまにか、昼間はもとより夜でも聴こえなくなり、川のほとりに住みながら川の音を聴かなくなった。

けれども今晩、久し振りに川の音が聴こえてきた。

白川山（しらこやま）という僕らの住んでいる土地は、白川という名の澄んだ大きな谷川が流れる、山間の地である。十二、三年前までは河口の一湊部落の人達が三十世帯近く入植していたが、ある年の鉄砲水で家が何軒か流される被害が起きたのをきっかけに、一挙に廃村になってしまった。

終戦直後の帰島人口の増加時期が過ぎて、高度経済成長と共に島全体が過疎化に向かい、山間の開拓地に住まなくとも一湊部落内に家がいくらでも空き始めていたからである。白川山ではテレビが映らないし、生活全般に渡ってどうしても一湊部落に比べて不便である。一湊に家屋敷が空いているのに、わざわざ不便を忍んで山に住む必要はなくなったのである。しかし、他の開拓部落と異なって、白川山の開拓者はすべて一湊出身の人々であったから、その地を下るにしても土地を売り払う必要は少しもなく、山の土地としてそれぞれ自分の土地を保持したまま下って行った。

五年前に僕達一家がこの土地に移ってきた時には、やはり東京から移って来た一家族はあったものの、がらんとした明るい空間が広がり、猿の群れが遊びまわり、まむしが静かに岩の上で昼寝をしている、見棄てられた土地であった。先住者が耕していた畑は、すすきやかずらが密生して野に帰っているか、杉の植林地になっていて、畑として使える場所はほとんどなかった。白川の流れの音ばかりがごおごおと響き、人間の匂いはなかった。

僕達に提供された土地は、十五町歩の山林だったが、その中には畑は全然含まれていなかった。畑はなくても十五町歩の山があれば、何とかこの地で生きて行ける筈だとして、僕ら一家はともかくこの地に住みつくことを念頭において住み始めた。

何人かの先住者の放棄した畑を借り受け、技術的なことは何も判らぬままに百姓の第一歩を踏み出した。技術的なことは何も判らなかったが、僕には化学肥料及び農薬は一切使わない、いわゆる有機自然農業の方向性だけははっきりと確立されていた。何故かというと、化学肥料を使い農薬を使う農業は、産業としては差し当たって有効であろうが、思想としては、今世紀の合理主義産業文明の一翼を荷っているにすぎず、すでに僕には何の魅力もないものになっていたからである。化学肥料を使い農薬を使って農業をし、生産性を追求するくらいなら、僕は都会で喫茶店の親父でもやる方を選ぶだろう。僕がこの土地に移って来、技術的には全く無知であるにもかかわらず有機自然農業を実践しようと思ったのは、それが僕の思想であり、それ以外にはもはや思想が成立しないことを感じていたからだった。積極的に言うなら、僕は思想として百姓を選び、有機自然農業を選んだのだった。職業として選んだのではなかった。五年経った現在、様々な困難に出会った後ではあるけれども、この考えは少しも変わらない。変わらない以上に、この考えはますます強くなり、有機自然農業という思想を押し進めて行くことによって、僕個人から始まって、家族、地域、民族、世界と広がって行き再び自分に還ってくる人間社会に「平和」という名の貢献をしたいと願っている。いったん思想という言葉を採用してしまうと、残念ながら思想は自ずから普遍性を目指さずにはおれない。思想とは普遍性の別の呼び名でもあるからである。

こう書いたからと言って、思想は、思想という言葉を使う人間にのみ宿っているとは僕は全然思っていない。むしろ思想は、思想などという言葉を生涯思ってもみなかった年老いた農夫農婦の体の内に、漁師の太い指の中に、樵夫（きこり）の頑丈な足の裏に宿っているとするのが僕の立場である。思想が大学の先生の頭の中や、思想家と呼ばれる人の机の上にのみあると思ったらそれこそ大きな間違いである。

ある時エーコープ（農協経営のスーパー）の前で友達と話をしていたら、一人のお婆さんが歩み寄って来て、

「時計は何時ですか」

と尋ねた。

時計を持っていなかったので、

「すみません、時計はありません」

と答えたのだが、僕の胸に何やら嬉しい感覚が走って行った。それは、この島にはまだ時間を時計としか感じていない人が生活しているという事実に出会ったからだった。時間を尋ねる時は「今何時ですか」と尋ねるのが普通である。それはすでに時間の中で生活している人の尋ね方である。時間は時計の中にある（しかない）と感じている人が、たまたま時間を知る必要にかられると、

「時計は何時ですか」

という表現になって出てしまうのである。

僕がインドが好きなのは、インドには時間がなく、時とは太古以来の悠久の時の流れがあるだけだという感覚が、色濃く社会全体をおおっているからである。ヴェナレスのガンガーのほとりにたたずんでいると、時々遙か離れた位置にある鉄橋を列車が渡っていく。あの物音は何だろうと眺めると、鉄橋を列車が渡って行くのである。ごとごとと遠く響く物憂いようなその音を聞くと、何だかとてもなつかしい感じになる。ああ、この世にはまだ汽車が走っており、汽車が走るという世界も在ったのだなあ、という感じになる。汽車というこの世の時間は、ヴェナレスのガンガーの土手にあっては、明らかに外側を通過していくだけで内側には入って来ない。

トカラ列島の平島(たいら)のあるお爺さんが、近頃しきりに空を行くようになった飛行機を眺めて、

「このごろは、ようあげなものが通るのう。あれはきっとフランスあたりの流行じゃろ」

と言ったそうである。そのお爺さんの言葉の内には、流行でないもの、永遠なものは、島と海だけであるという、確固とした思想があった筈である。そしてこの思想は全く正当であり、永遠に存在するものは島と海しかないのである。海と島を忘れて飛行機を存在と見なすのは現代の思想である。ヴェナレスのガンガーの土手を忘れて、汽車に心を奪われるのが現代の思想

であり、エーコープの前のお婆さんが尋ねたものを時間であると見なすのが現代の思想である。そして現代の思想は目下のところ、米ソ両国だけで広島型原爆百万個分相当の核兵器の蓄積という事実を産み出しているのである。

僕の立場は、エーコープの前のお婆さんが尋ねたのは時間ではなくて時計であり、ヴェナレスのガンガーの土手で聴いた汽車の音は、この世の物音であるにもかかわらずこの世の外の物音であるという立場である。平島の上空を飛ぶ飛行機を、フランスあたりの流行じゃろうと冗談を飛ばす人の側の立場である。

こう書いたからと言って、僕が飛行機や汽車や時計を否定し去っているのではないことはもちろんである。それらは海や島や山や川と同じく、やはり存在する。しかしその存在価値は、どう見ても海や島や山や川の百分の一もないのである。

白川山でこの五年間に僕がやって来たことは、経済的にはまったく無に等しいほどにささやかなことであった。経済的にはまったく無に等しい営みであったが、山を知り、森を知り、野を知り、土を知り、自然を知るという意味ではどれだけたくさんのことを学んできたか知れない。五年間の内にこの地に住む仲間も増え、現在では八世帯二十七人（内子供が十四人）もの人間が住むようになった。共同体(コミューン)ではなく部落の方向に進んでいるので、当然財布は一戸一戸別々であり、仕事も各々別々であるが、白川山住民という一点に関しては共通しており、一湊や他の島内部落の血縁関係と同じ程に色濃い親密な関係で日々の生活を送っている。都市にあってはコミュニティの主人公は個人ないし人間であるが、白川山にあっては一湊部落や他の島内部落と同じく、コミュニティの主人公は個人でも人間でもなく、自然環境である。もっと端的に言えば、白川山の僕達の部落を部落たらしめているのは、結局のところ、昼も夜もとうとうと流れて止まない白川（しらかわ）の流れである。苦しいことや厭なことがあると、僕は川に降りて、川の中の巨大な花崗岩のひとつに腰を下ろして川の音を聴く。川の中で川の音につつまれていると、いつしかいい気持ちになり、このような場所はもう他のどこに行ってもないことをはっきりと知らされる。川から原初のエネルギーをもらって日常生活に復帰する。しかもその川の原初のエネルギーは絶えることはない。山があり森があり清らかな川がある。しかもバイクで十分も下れば海に出る。これが白川山の自然環境である。人間が住むのに誠にふさわしい環境である。

しかし振り返ってみると、僕達が中学校の社会科で習った日本列島は、四面を海で囲まれ、山は険しく、それ故に川の流れは急で、現在の白川山の環境と同じ特徴を持っていた筈である。それがいつの間にか、日本列島にあるものは自動車の洪水とコンピューターと石油精練所から吐き出される煙と化学工場ばかりのようなあんばいになってしまった。世の中全体がそのような方向に進んで行き、これからもますますそのような方向に進んで行く勢いなので、時として僕は、自分のやっていることが社会的に見て全く無意味な、あまのじゃくのような存在なのではなかろうかと、思わせられずにはいられない。いや、たぶん正確に僕のやっていることは、社会の大勢からすれば意味のない、むしろ害毒を流すような存在なのであろうと思う。

僕は社会に害毒を流そうとは、それがどのような種類の害毒であれ、決して思っていない。僕は、軍備拡張論者や核兵器開発論者や建国記念日賛同者や天皇制推進論者を個人的には大嫌いであるが、そのような人達と議論をしたり、争いをしたりしようとは思わない。僕が本当に興味のある問題は、この世の平和と共に平和に生きて行くことであって、議論をしたり争ったり、批難したりすることではない。僕は白川山で、仲の良い仲間達と共に、静かな様々な喜びを味わいつつ生きて行けば、それでいいのだ。僕の生の目的は、僕自身の内なる神性、僕自身の内なる霊性と一体になって、そのまま山河に帰して行くことであって、それ以外のことにはない。その目的に向かって真っ直ぐに歩くことが僕の務めだと知っている。そう知って、長い間、政治や歴史のことには関心を持たず、せめて自分達の小さな場を、納得の行く平和の場にしようと務めてきた。白川山は僕にとってそのような場であり、これからもそのような場でありつづけるだろうとは思う。

しかし一方では、世の中は日々刻々に右傾化して行き、戦争へ戦争へと流れ込む風潮があまりにも強くなってきた。戦後三十六年間の平和は、平和を深める方向には進まず、結局国家権力、国家意識を強める方向にはっきりと歩み出してしまった。僕は本当は、何に対してにせよ、それに対して「反対」という言葉を吐きたくはなく、沈黙を守っていたいのだが、核兵器、建国記念日、国家石油備蓄、林野庁熊本営林局等々の、許すことの出来ない攻撃が、直接的間接的に白川山にまで侵入してきたので、悪魔に己れを売り渡すような気持ちで、これらに対して「否!」という言葉を、歯ぎしりしながら吐くのである。

しかしながらこの白川山で、僕はそんな馬鹿げたことを言い続けるために生きようとは思わない。ここでは、白川山という僕達の場では、僕は核兵器開発ではなくて自然有機農業を押し進めよう。建国記念日祝賀パレードではなくて、白川山住民の誰かの誕生日のお祝いをして、気持ちよく何杯かの焼酎を飲み、歌を歌ったり踊ったりしよう。林野庁熊本営林局のように国民経済の名において原生林を丸裸にするのではなくて、自分自身の生活において手鋸で樹を伐り、その樹に椎茸の種駒を打とう。天皇制を強化し天皇の国民として自分を位置づけるのではなくて、自分を強化し、自分が霊において神仏と一体であることを感じるように瞑想しよう。

核兵器とその母体である国家を「否!」としながらも「否」とすることに生涯をささげることはせず、僕達のもう一つの道、「否」ではない世界を作りつつ生きて行くことに全力をつくそう。

ロックミュージックをより深く僕らの音楽としよう。レゲエを僕らの肯定の音楽としよう。旅をする若者、インドを目指す若者、時間の中にありつつ時間を悠久の流れととらえる人々を、僕らの時代の新しい荷い手として歓迎しよう。国境を越え国境を無視する若者達を、異端者ではなく正統の旅人として迎え入れよう。有機自然農業を実践する者を、得難い同朋者としてその輪の拡大につとめよう。争ったり喧嘩をしたり人を責めたりせず、争わず喧嘩をせず人を責めたりしない人を、友人とし仲間としよう。物言わず、日々ただ黙々と働き、その使命を果たして死んで行くものの願いは、ただ平和と幸福にのみあることをよくよく知って、大衆（だいしゅ）の一人として死んでゆこう。

ここ白川山では、僕達は力を合わせて平和に生きよう。炭焼きは炭を焼き、木工職人は木工の腕をみがき、怠け者の日雇い暮らしはその心の優しさに徹し、漁師は漁に出、料理人は料理に精を出し、詩人は詩に心を澄まそう。恋人と結ばれて幸福の絶頂にある者は、その幸福の絶頂を楽しもう。しかしここ白川山では、間違っても化学農業はすまい。間違っても権力志向者及び権力者にならず、産業文明の支持者にも国家主義者にもなるまい。白川山では、一人一人の人間がまごうかたなく一人一人の人間であり得るよう、共に力を合わせよう。心を固めて、他のものではない僕達の場を、他の場にある人々とも共に作って行こう。

梅

今年は冬が比較的暖かかったせいか、春は今にも来そうでいて中々来なかった。お彼岸が来てもう大丈夫かと思ったが、風はまた北西に変わり、毛糸のセーターを脱げない日が続いた。ある夜、僕は重苦しい夢を見た。

僕はラーマとラーガを連れてオワンドウの海に行った。風が強く、道の両側のすすきが激しくなびいて、楽しい浜遊びになりそうになかったが、そうする以外には為すべきことがなかったので、すすきをかきわけかきわけ、オワンドウの細い道を海へ下って行った。

「お父さん、今日はイソモンがたくさんいるかな」

とラーマが気を引くように言った。

「風が強いからな」

僕はあいまいに答えた。

「イソモンはいなくてもセーノコならとれるだろ」

とラーマが言った。

「うん。セーノコはとれるだろう」

僕は答えた。

海に出ると、海は満潮だった。胸の高さまで潮が押し寄せていた。それは、僕が小学校に上がったか上がらないかの頃に、一人で泳ぎに行って溺れたことのある山口の海と同じほどに、ひたひたと胸の高さにまで押し寄せていた。腐蝕サンゴの台地はすっかり海面下に沈み、イソモンを採るどころかセーノコも見つかる筈はなかった。海の色は青黒く、波はそれほど強くなかったが、とっぷりとしていて危険だった。一そうの漁船が猛烈なスピードで走ってきて、沖合まで来ると急に見えなくなった。僕達を助けに来た船は沈んでしまった、と僕には判った。だがラーマとラーガに恐怖を与えまいとして僕は二人に言った。

「あの船はエラブに行ったんだよ」

「小さい船だったね」

とラーガが言った。

「エラブにちゃんと着くといいね」

とラーマが言った。

「ちゃんと着くさ。漁師だもの」

　と僕は言った。

　僕には、僕達を救いに来た船は沈んでしまったということが判っていた。そのことは何故かラーマにもラーガにも判っていたのだった。

「おじさん、海は恐い」

　とラーガが言った。

「恐くなんかねえよ」

　ラーマが言った。

「今日はイソモンもセーノコも駄目だ。帰ろう」

　僕は、今にも僕ら三人を呑みこみそうな海をおさえつけるようにして、二人を促して安全な場所まで引き下がった。しかし、このまま引き返すのでは何をしに海に来たのか判らなかった。

「ロープを探そうぜ」

　僕は元気を出してラーマに言った。

「あっちに行けばロープがあるよ」

　ラーマが浜の右手の方を指した。そっちを見ると、海はそれほど押し寄せていず、安全なように見えた。

「行ってみよう。だけど海には気をつけろよ」

と言いながら、三人で浜の右手に歩いて行くと、そこにヨガがうずくまってめそめそと泣いていた。

「ヨガ兄ちゃん、泣くなってば」

ラーガがヨガの背中を叩いた。するとヨガは立ち上がって、涙をぬぐいながら、

「おじさん、嘘をついてごめんなさい」

と言った。

「いいよ。オレも嘘をついているのだ」

と僕は言った。

「それよりロープを探そうぜ」

そう元気づけてみたが、今日はロープもないことが判っていた。海が再びあふれて来そうだった。早く逃げた方がよかった。けれどもその時、沖合の海の底に沈んだ漁船の中に、順子と道人がまだ生きていて助けを求めているのが見えた。

「お前達はすぐに帰れ。帰って山羊の草を刈っておけ」

子供達に命令しておいて、僕は水中眼鏡とシュノーケルをはめて沖合に泳いで行った。水中眼鏡とシュノーケルがなければ、僕は順子と道人を助けることが出来ないことがはっきりして

いたので、一刻を争ったけども僕は水中眼鏡とシュノーケルをつけて泳いでいった。

泳ぎつくと、そこはキャビンで、海の底であるにもかかわらず、体は乾き空気も自由に吸えた。順子は旅行用のハンドバックから小さな手帳を取り出して、

「ここを読んでみて」

と言った。

僕はあまり読みたくなかったが、順子と道人を救いに来たことを思い出して、不承不承に読んでみた。そこには、

われらは怨(うら)みを持つ人々の中にあって、怨みなく、大いに楽しく生きよう。われらは怨みを抱く人々の中にあって、怨みなく生活しよう。

と書いてあった。その文章を読んで僕は寒気がした。何故かというと、僕はすでに怨んでしまっていたので、もう取り返しがつかないからだった。

「もう遅いの?」

と順子が言った。

「うん、もう遅い」

僕は答えた。そう答えてしまうと、青黒い海がどんどん押し寄せて来て、僕も順子も道人もたちまち息が出来なくなった。あまりの恐ろしさに、これは夢だと思った。夢であってくれと願った。すると眼が覚めて、本当に夢だったことが判った。

僕はライターに火をつけ、その火で枕元のローソクに火を灯した。僕の家にはもちろん電気が来ているが、僕は眠る前には電気を消して枕元のローソクに火を灯し、その明かりでしばらく月刊雑誌の「大法輪」を読んでから眠る習慣になっていた。まだ胸が動悸を打っていたので、心を静めるために僕は、取り寄せたばかりの「大法輪」四月号の第一頁を開いてみた。するとそこには次のように書かれてあった。

まさに十方の仏、および七仏世尊を念じ、一心に観世音菩薩を称えてこの呪(じゅ)を誦持すれば、現身に観世音菩薩を見ることができ、一切の善い願いを成就することができ、後に仏前に生まれて長く苦と別れるであろう。

——請観世音菩薩消伏毒害陀羅尼呪経

それを読んだ時、僕の胸に涙があふれて来た。悲しくて悲しくて仕様がなかったが、嬉しくて嬉しくて仕様のない気持ちでもあった。

順子と道人は、福島県の二本松市の、彼女の両親の墓参りをするために行っていて、家の中にはいなかった。

次の日、僕は肥やし汲みをした。便所壺が満杯になっていて、もっと早く汲まなければならなかったのだが、一日伸ばしにしている内に、汲み取り口のふたを持ち上げてあふれ出していた。順子と道人がいないと、家の中はがらんとしていて、家の外もがらんとしていた。僕の家の裏には、幅一メートル程の谷川が流れており、その向こうに少しばかり畑地があった。谷に木の橋を渡して、そこに十二、三本の梅の木と、肉桂(にっけい)の木を一本と、日向夏みかんの木を一本と、タンカンの木を一本と、甘茶の株分けを三つばかり植えてあった。それと庭のスモモの木を剪定した時の枝を四、五十本挿し木してあった。畑とも呼べない程の狭い土地であるが、それぞれの樹に僕の夢がたくされており、大切に育てていた。一本一本の樹の根元に、かついで来た下肥を丁寧に三、四杯ずつかけてやった。下肥こそは丁寧にかけてやらなければ、はねかえりのしずくで体中が臭くなってしまう。自然に静かに丁寧に仕事をすすめなければならないが、それが楽しかった。肥やし汲みは、取りかかるまではおっくうな仕事であるが、いざ取りかかると、他では味わえない百姓のダイゴ味がその中にあった。一桶一桶汲んでは運んでいる内に、肥やし壺の中が段々少なくなり、少なくなると、それまで満杯で困っていたものがはっきり肥料として認識され、大事なものになって来るのが、我ながらおかしかった。便壺にはコーラン菌という土壌菌が投入してあり、そのせいで少し黒味がかった緑色に全体が発酵していた。それはもう明らかに肥料で、単なる糞尿ではなかった。便所から見下ろす便壺は糞尿なのに、汲み取り口から取り出すものは肥料であることが、マジックのようで面白かった。

昼下がりで、子供達は学校に行って家におらず、順子と道人は福島に行っていなかった。風は少し強かったがうすく陽も射して、僕は久し振りに静かな作業の幸福を味わっていた。

前の晩の夢が、胸のどこかに残っていて、時々、暗い影のように心をよぎって行った。それはたぶん今年に入ってから、僕に三つ程、社会的なかかわりというか、政治的なかかわりが出来てしまったことに関係していた。

その一つは、島の西部にある原生照葉樹林八百ヘクタールを、林野庁熊本営林局が伐採するという施業案を出したことに始まった。施業はこの四月から始まるというので、急激な反対運動が始まり、僕も反対運動の側に立つ一人として僕なりの動きをした。日本に残存するわずかな原生照葉樹林が、経済の論理によって伐られて行くのを、手をこまねいて見ているわけには行かなかった。直接的には熊本営林局長、間接的には林野庁及び国家に対して、言わば怨みごとの数々を連ねた行動をとった。

もう一つは二月十一日に行なわれた建国記念日の祝賀パレードに端を発するもので、その主催者達及び国家に対して、我ながら胸くその悪くなるような怨みを抱いてしまった。国家が戦争の原動力であり、核兵器の元兇であることは自明のことである。長い間、そのことを自明のこととして、僕はあえて国家や建国記念日やその種の政治的なテーマを無視し、自分の生き方を押し進めることにのみ熱中して来たが、今年は僕の気持ちがそのことにひっかかってしまった。それには祝賀パレードを主催した側の一人に、元白川山の住人であり友達でもあった男が積極的にかかわっていた事情もあった。広い都会であれば、祝賀パレードが行なわれようと大集会があろうと、新聞種として無視出来るし、たとえそれに知り合いの人間がかかわっていたとしても、それはそれとして無視することが出来る筈だった。しかし島では、すべての出来事が有機的にからみ合っているので、無視することが出来ない事情があった。島では、何かちょっとした出来事があれば、それはたちまちの内に全島に伝わり、噂という形をとって評価が定められる。祝賀パレードが行なわれて、それをよしとする評価が定まれば、祝賀パレードは肯定され、島の世論として定着してしまうのである。僕はそれを恐れ、ことあるごとに祝賀パレードを批難し、自分はその立場にないことを表明する一方で、主催者の一人になってしまった元白川山住人のその男を悪く言った。彼とは十年来のつき合いで、共に白川山に住み、一時は同じ夢を見たかも知れなかっただけに、僕の怨みは近親憎悪に似て底が深かった。

もう一つは、今年に入って続けて二件、借りていた畑を返してくれという、通告があったことであった。昨年の春、一湊から白川山までの道路が舗装されたことによって、白川山は一挙にいわば一湊の郊外になってしまい、土地に値打ちが出て来た。地主の一人は、僕が借りていた畑にブルドーザを入れて、そこに温水プールつきの民宿を建てるとかいう噂が流れた。事実資材が連日運び込まれ、ブルドーザがうなり始めると、五年前には見棄てられた土地であった白川山が、たちまち商業地のようなにおいさえ放ち始めた。元々、必要な時にはいつでも返すという口約束で、無料で借りていた畑であるから、畑を返すこと自体は仕方がない。汗水たらして肥料を入れて、という日常的な無念さがないわけではないが、そんなことにいちいち腹を立てていたら、無一文で他郷に入殖するような行為をつづけて行くことは出来ない。地主が、畑を取り返してそこを畑として使うのであれば、僕はやすやすと自分の無念さを無視し、地主とも仲良くこの地で百姓をやって行けるだろうと思う。しかし地主は、畑をブルドーザで崩し、そこに民宿を建て、温水プールまで作るという。僕には、彼が何故そのようなことをする気になったのか理解出来なかった。しかし、地主が彼の土地で、しようと思うことをするのに、文句をつける筋は何もない。民宿を建てようとデパートを作ろうと彼の勝手だ。照葉樹林の伐採や、建国記念日の祝賀パレードとは異質の、身近で直接日常的に関係のある出来事だけに、この事もまた僕の胸に怨み心を起こさせた。

わずか二、三ヶ月の間に、このように心に怨みや怒りを抱かずにはおれないような出来事が三つも起こって、僕はすっかり自分自身と仲違いしてしまった。

僕は、山羊の草を刈って山羊に食べさせてやっていればそれでよかった。にわとりにエサをやり卵を産んでもらって、それを一湊の町に売りに行っていればそれでよかった。山の木を伐り、その後に何種類かの果樹を植え、その生長を見守っていればそれでよかった。肥やしを汲み、一本一本の梅の木の根方に静かに丁寧にかけてやっていれば、それで言うことはなかった。それが僕の生活であり、目指す方向であり現実だった。しかし三つの出来事が相ついで起こったことも現実であり、僕の生活であった。

東京でプラサード書店という本屋をやっているサチコさんが、四年前に屋久島に来た時に言った。

「サンセイは梅の栽培をしたらいいと思う。動物は駄目だと思う。ワタシはこういうことには予感というか霊感があるの。梅が一番合っていると思う」

僕も自分でもそう感じていた。肥料が必要だから動物も飼うが、僕は本当は植物をやりたかった。植物の中でも果樹で、果樹の中でも、比較的病虫害に強い梅の栽培をやってみようと思っていた。サチコさんに霊的な感じのする声で「梅がいいと思う」と言われると、僕はすっかり梅をやることに決め、その年の秋に二十本ほど梅の苗木を取り寄せた。

僕は植物が好きだ。植物は物言わず、静かで、闘争をしない。じっと眼には見えずに成長し、三年か四年も経つと、あっと思う程に大きくなっている。太陽の光をエネルギーに代え、一年一年強くたくましくなって行きながら、少しも闘争的な所がない。平和である。植物の物言わぬ平和性が、僕はたまらなく好きだ。

けれども、三つの出来事はすでに起こってしまった。インド・ネパールへの一年間の巡礼旅行以来意識して守ってきた、怨みを抱かない、怒らないという鉄則が、三つの出来事の中でもろくも崩れてしまった。まるで学生時代のような単純な怨み怒りに、簡単に身をゆずり渡してしまった。

肥やしの匂いが立ちこめる中で、僕はひととき味わった百姓の幸福が、たちまち逃げ去ってゆくのを感じた。ひどく疲れた気持ちで、傍らの石に腰を下ろして、一服火をつけた。屋久島に来て以来愛飲しているゴールデンバットである。

われらは怨(うら)みを持つ人々の中にあって、怨みなく、大いに楽しく生きよう。われらは怨みを抱く人々の中にあって、怨みなく生活しよう。

ダルマ・パダ(法句経)の中のこの一節を思い返しつつ、みじめな気持ちで煙草を吸っていると、遠くの方から何かしら了解のようなものがゆっくりと近づいて来るのが感じられた。僕は、あれっと思った。了解はたちまち近づき、不意にぴったりと僕の中で重なった。

「そうだったのか」

僕は声には出さずにつぶやいた。

怨みを持つ人、怨みを抱く人というのは、僕以外の人々のことではなくて、僕自身のことだったのだ。僕はこれまで、この一節の中の怨みを持つ人というのを僕の外の人々におき、そのような怨みを持つ人々の中にあって、僕自身は怨みを持たず、楽しく生きよう、と解釈してきたのだった。ところが怨みを持つ人とは実は僕自身のことだった。その怨みを持つ人の中にあって、怨みを持たず、楽しく生きることが、ダルマ・パダの教えであった。

学校帰りの子供達の、大声のおしゃべりが道の下から聴こえてきた。もう春休みも間近かで、うちのラーマとヨガとラーガ、マーブルの所の、あふるとみとすとくれおの小学生六人が、一団となって楽しそうにおしゃべりをしながら帰ってくるのが見えた。白川山の子供達。

僕は煙草の火をもみ消して腰を上げた。もう二、三回肥やしを運べば、残りの梅の木に全部肥やしをやることが出来る筈だった。肥やしをやり終えてから子供達におやつをやれば、丁度いい時間のあんばいになる筈だった。二つの肥桶に、ひしゃくでそれぞれ五杯ずつ肥やしを汲んで、天びん棒でかついで運び、残りの梅の木の根方にまいた。この三年半の間に、梅の木もずいぶん大きくなった。今年はずいぶんたくさん花もつけてくれ、梅見とまでは行かないまでも、しばらくは花を楽しむことも出来た。もうそろそろ実もつけるのではないか。そう思って探してみると、うれしいことに、一本の木に一つだけ実がなっているのを見つけた。実はもう親指の先程の大きさになっていて、青々としていた。他の木も探してみたが、他の木には、実はまだひとつもなっていなかった。

お帰りなさい

四月一日の夕方、僕がニワトリのエサを作っていると、今度二年生になるくれおが来て言った。

「ジュンコさんが九時に電話するって」

「そうか。どうも有難う」

白川山には農業用公衆という名目で無料で取り付けてもらった電話が一台だけある。その電話はマーブルの家にあり、長距離電話の場合は、何時に電話をするからと約束の電話をしておいて、その時間に電話を入れるのが一番正確であり、安上がりでもあった。マーブルの家と僕の家とでは七〇メートルばかり離れており、長距離電話の度に走ってもらうのは気の毒だし、走ってもらってたまたまこちらが不在であったりすれば、かけてくれる相手に済まなかった。順子は白川山の住民であるから、当然その間の事情は判っているので、くれおにそのように伝言したのだった。マーブルの所の子供達は五人いるが、皆んな変わった名前である。長男が、あふる、次男が、みとす、三男が、くれお、四男が、丈水（じょうすい）、おしまいの女の子が、さくら、である。四男だけが漢字であとは全部平仮名である。

我家の五人の子供達に御飯を食べさせ、食器を洗い終わると、もう九時近かった。マーブルの家に行き、電話を待った。九時ちょっと過ぎに、東京神田の僕の実家にいる順子から電話が入った。順子は、明日の二時の飛行機で帰るということだけを告げて、父に代わった。父は山口県の郷里の祖母の二十三回忌だったかに帰郷して来た話をして、母に代わった。母は、順子のいない留守中を御苦労様というようなことを言ってくれて、今度は弟に代わった。屋久島と東京と離れていても、電話一本が通じさえすれば、そこに集（つど）っている両親や弟妹の姿が直接に眼に見るように思い浮かび、やはり嬉しくなつかしかった。電話の向こうで、少し酔っている声で弟の明彦が言っていた。

「順子さんが店に来てくれてよ、踊ってくれたんだわあ。タシのバンドが来てくれて、順子さんまで来てくれて、あの晩はほんとに楽しかったわあ」

北大を中退した末の弟は、横須賀で「かぼちゃ屋」というライブの店をやっており、国分寺市を根拠地にしてライブ活動をしているタシの黒潮ウェーバーズが、横須賀の店に出るというので、順子も一緒に行ったのだという。タシと順子は初めて会う筈だが、国分寺の僕らのロックの店「ほら貝」で出会えば、初めて出会っても旧知の仲であり、横須賀まで同行しても何の不思議もない。まして横須賀の店は弟の店であり、順子も一度は行ってみたいと願っていた店だった。

電話は更に妹に代わった。娘がこの春高校に進学するので、まずそのお祝いを言った。フレンド学園という漫画に出て来そうな名前の高校だったので、からかい気味にそう言うと、妹は幾分気分を害したらしく電話の向こうで、

「お兄さんは知らないかも知れないけれど、かなりハイレベルの学校なのよ。受かるかどうかうんと気を使ったんだから」

と言っていた。初めてきく高校の名前に東京がどんどん変わって行っているのが感じられた。

「謙ちゃんは？」

次弟の名を呼ぶと、彼はまだ仕事をしていてその場にはいないと言う。もう一度母に代わり、父に代わり、順子に代わって、電話を終わった。電話の向こうの神田の実家には、得も言われぬ親密の世界があり、屋久島のこの地には、僕の豊かではあるが淋しい狭い道があった。この道は淋しい狭い道ではあるが、僕が命じられ僕が選んだ僕の豊かな道であり、僕の人生であった。

次の日の午後、僕はトラックを運転して順子と道人を迎えに、屋久島空港まで行った。わず

かな期間とはいえ、離れて暮らした人を迎えに行くのは楽しいことだった。

屋久島にはジェット機は就航しておらず、YSなんとかというプロペラ飛行機が飛んでいる。一日二便で、いずれも屋久島＝鹿児島間を往復している。島住まいの楽しみの一つは、人を出迎えることである。僕の場合は、空港に出迎えるケースはめずらしく、宮之浦港へ船の出迎えに行くのがほとんどだが、いずれにしても、人を出迎えるのは島に住むものに特別に恵まれている楽しみの一つである。永田部落からやはり出迎えに来ていた、トクさんの奥さんと話しながら待っていると、やがて飛行機が入って来た。トクさんの奥さんは、ミチトと同じ年くらいの赤ちゃんを連れて御主人のトクさんを出迎えに来ており、僕は反対にミチトと順子を出迎えに来ているのだった。そんな何でもないことが、人生のひとこまとして意味あるものとして感じられるのも、出迎えという楽しみの中でのことであった。

まずトクさんが降りて来た。バリッとした背広姿で、そんなトクさんの姿を見るのは島では初めてのことだった。表情も渋い感じでいつものトクさんを知っている者には人違いかと思わせるほどだった。ところが、出迎えの奥さんと赤ちゃんの顔を見ると、一瞬にして表情が崩れ、そこにはまごうかたないとろけるような笑顔のトクさんがいた。

「おかえりなさい」

僕も声をかけたが、トクさんは赤ちゃんを抱き上げるのに夢中で、僕のことなど眼中になかった。

やがて順子とミチトが降りて来た。前夜の電話でその飛行機に乗っていることが判っていても、実際にその姿を見るまでは心配なのが出迎えというものである。順子はミチトをインド式に右腰にかかえ抱いて、少し疲れた様子でゆっくりと歩いて来た。僕と眼が合うと、あいている左手を小さく振った。飛行機から出迎え人が待っているフロアまでは約五十メートル程しか離れていない。その五十メートルの距離を楽しむのである。ミチトは無表情でしっかりと順子に抱きついていた。すると一匹の黄色い蝶が、風にのって飛んできて、ミチトと順子の側をひらひらと舞って行った。不意の黄色い蝶の出現に僕はびっくりしたが、それは幼い者を出迎えるのにふさわしい光景でもあった。僕の胸の中には、沈んだ漁船の夢の感触がまだかすかに残っていて、何か危うい感じがあったのだが、ひらひらと飛んでいった蝶のおかげで、その感じが消えて行った。ミチトも順子も、光の中をゆっくりと待っている僕の方へ歩いて来た。抱き取る時、ミチトが僕を覚えているかどうかに興味があったが、やはり忘れていた。忘れてはいたが、抱き取られるのを厭がるふうは全くなく、素直にこちらに来た。荷物を待っている間、ミチトは何かしきりにおしゃべりをしていたが、もちろんまだ言葉になっているおしゃべりではなかった。

「ミットクン」

と呼んでも、体の手応えはあるが、言葉の手応えはまるでないのだった。

順子とミチトがいなかったしばらくの間、我家はとても静かでがらんとしていた。五人の子供と僕がいて、人数的には結構な人数なのだが、食事の時でもがらんとして静かだった。

「ミットがいないと静かだなあ」

皆んなそう言っていた。

けれども、そうしてミチトを抱き取ってみると、ミチトがいればただ可愛いだけで、その可愛さが静かさに代わるのだろうということが了解された。


『世界人類が平和でありますように』

という本が、順子の数々のおみやげの中から出て来た。その本は国分寺市に住んでいるヨウがプレゼントしてくれたものだった。本には次のような手紙が添えてあった。

「合掌
この三日間とりつかれたようにこの本を読み、静かな感動を伝えたくペンをとりました。

この本を書かれた魂に感謝します。

そして、この本を手にすることができた縁に感謝します。

三省、順子、お久し振りです。今、この本を読みおえて、心は屋久島にお会いして、朝のおに待っています。

茶でもいただきながら、ゆっくりお話ししたい気持ちです。いつかその日が来ることを楽しみ

一年前に出会えた先生の本、送らせて下さい。

子供達も私もとても元気です。

みなさまの天命がつつがなく完うされますよう祈っております。

かしこ」

ヨウこと加藤洋子さんは、何年か前に男と別れ、女手ひとつでもう中学生にもなる娘のハスちゃんと小学生のマヤちゃんを育てている人である。ハスちゃんが生まれたのはネパールのカトマンドゥの郊外の畑の中の一軒家だった。その時のことが、当時僕らが発行していた「部族」という雑誌に載っている。

「ロックンロールが鳴り出した。この深い暗い闇に、狼たちが吠えだした。この深い暗い闇の中に、おれがボブ・ディランになりだした。おれがロックン・ロールになりだした。おれがブルースになりだした。おれがビートそのものになりだした。おれが感知の玉そのものになりだした。そしてそれからことばがながーくながーく出はじめた。ロックン・ロールにのって、時間のタイムマシンにのっかってながーいながー

い夢がではじめてきた。ローリングストーンズが流れているこのカトマンズのヒッピーのたまり場の喫茶店でも、ある人々はほんとに楽しんで踊っていた。このおれの中にもインディアンの叫びがよびもどってきた。このおれの頭脳に感知される解答はするどくなってきた。この無我の状態で、するどくロックといっしょに写ってゆく。このことば、僕の記憶とともに写ってゆくことば、その解答はするどいよ。答はビート。闇だ。タイムマシンにのって夢はきえていってしまった。あの楽しく楽しく遊んだ時のことも、寂しく寂しく泣いて歩いたあの街道の夢もみんなとろけこんでしまった。さあ、僕は今日から飛んでるんだよ、一人でも。クンダリーニだ、クンダリーニだ。クンダリーニの位置を高くすればお猿さんになるんだよ、と。

暗い夢の中を一人で歩いているといきなり犬がおそってきた。するとおれはなんといったと思う。以前ナナオにならったカッーという吠えがおこった。すると犬はきゃんきゃんといって逃げていってしまった。そして笑いが起った。夜の深い深い闇の中に座っていると、まわりで無限に啼いているすずむしの響きそのものになった。カエルの啼き声そのものになった。そして僕も無限者そのものになってしまった。……中略……

そのおれにも、今ちょっと疲れがきた。蓮の花のつぼみが生まれ出てきた。稲妻と雨のはげしい夜、ヨウのお腹がうんといたみだした。おれは生まれて初めて般若心経をとなえた。線香をボンボンたいた。カラスもどんどんたいた。近くのネパール人の農家のおばさんを呼んできた。どうも逆児らしかった。なかなか生れないので、おばさんを帰した。時代感覚がちょっと違いすぎた。マッサージのこともなにも知らないのだ。おれがヨウと一しょの息になった。わめき、さけぶヨウと、おれは冷静さをたもとうと、つとめた。長い長いくるしい息がはじまった。ヨウがわめくときは、おれの体にも力がはいった。二人だけのわびしい夜だった。殺して、とか、もう死ぬわとかいう声がつづいた。二人とも病院にかけつけたかった。でもここはカトマンズのはずれのはずれの田舎の畑の一軒屋、雨は降ってて、まっ暗け、タクシーなぞ見つかるわけがない。まったく地獄の長い長い夜悪夢だった。おれは、まったく吸いつづけていたし、ヨウはなおも、わめいていた。ともかく朝を待ちつづけた。痛みはさらにひどくなってきたので、再びおばさんをおこしてきた。でもどうも、あまり役に立たなかった。でもそのうちちょうこうが表れはじめた。明け方頭が出てきた。のっぺら坊の顔が出てきた。必死に出ようと口を大きくあけて、がんばっていた。そのうち手が出てきた。ほそ長い指を力いっぱいひろげて体もとび出てきた。なにかがつまっていてクウァークウァーとなきだした。ほそいが、元気いっぱいだった。手と足の指のばかに長い女の子。名前は「蓮」ちゃん。ぼくの彼女が生れました。
　さあ、ヨウちゃんは、静かに静かに休んで。長い長いつらい旅、ごくろう様でした。
あなたのそのつらい旅の終りには、きっときっと。
　　　　　　　　　　　　　　　　　　　七〇年六月二十六日」

　ヨウは僕達にとって、不思議な人だった。僕達が一家でインド・ネパールを巡礼した時、カトマンドゥあてにやはり一冊の本を送ってくれた。その本は西田天香さんの一燈園にいる人が書いた『おてあて治療法』という本で、僕と順子はこの世にそのような治療方法があることを初めて知った。ネパールでの六ヶ月間の滞在中、僕達はその本にうんとお世話になった。順子はたちまちおてあて療法に上達し、患部に右手のひらを当てがうと、ビリビリと感じるようになった。子供達が熱を出したり、僕が悪性の下痢をしたりすると、すぐに何時間も正座しておてあてをしてくれ、子供達の熱も僕の下痢も引いて行った。ヨウが送ってくれた本一冊で、僕達はただの治療法以上の何かを学んだ。スワヤンブナートやポカラの農家の暗い夜に、熱を出している子供の頭頂におてあてをしていると、信仰というものの具体的な力が、手のひらの一点に集中して生きてびりびり感じられるのが判った。
　ヨウとは、日常的に手紙のやりとりをしたりする仲ではなかった。もちろん、彼女がジュゴンと別れて、美術学校のモデルをしながら子供を育てていることは知っていたし、男気を断って清楚に暮らしていることも聞いていたが、五井昌久さんの白光会に関係していたことは少しも知らなかった。順子は東京で一晩ヨウの家に泊めてもらい、久し振りにつもる話をしてきたという。帰りにおみやげに『世界人類が平和でありますように』というその本をもらってきたのだった。

僕が五井昌久さん及び白光会について知っていることは、

「世界人類が平和でありますように」

という、日本中どこに行っても貼ってあり屋久島でも見られる小さなプラスチックの札であった。それともうひとつ、五井昌久さんの高弟の人が屋久島に来て、樹齢七千二百年と言われる縄文杉に会った時に、縄文杉の中から白髪の高貴な老人が現われて「自分はこの杉の霊である」と語った、ということであった。僕は、

「世界人類が平和でありますように」

という一見標語のような小さな札が好きである。それは一見標語のようなたたずまいで、寂しい感じの街中等に貼られてあるが、明らかに標語ではなく宗教的な活動であった。宗教的な活動ではあるが生長の家のような権力臭は少しもなく、商業活動のいったんのようなたたずまいで、さりげなく貼られてあるのがうれしかった。

「世界人類が平和でありますように」

というその言葉に、いつごろから僕が気づくようになったのかはっきりしないが、いつの頃からかその言葉に親しんできた。僕がその言葉に出会うのは、街中を歩いていて幾分心が沈み、何やら不安めいたものが起こってきそうな時や、信仰が権力に結びつきそうな気配のある場所、つまり高名な神社や寺院の境内のちょっと外れた場所であるのが常だった。街中でこの言葉に出会うと、ほっと安心し、神社やお寺でこの言葉に出会うと、やはりほっと安心した。この言葉を発している源には、素朴で非権力的で、少し寂しく、しかしとても深い祈りあることが感じられた。

「世界人類が平和でありますように」

という祈りは、誰しもが受け入れられる素朴な願いであり、それ故にまた誰からもそれほど尊敬もされず、当然のこととして見過ごされてしまいがちな願いであった。

ヨウがプレゼントしてくれた本のお蔭で、僕は二つのことを知った。その一つは五井昌久さんというこの言葉の源は、一九八〇年にすでに亡くなられたということであり、もう一つは、五井昌久さんはこの言葉を、単なる祈りの言葉としてではなく、仏教やヒンドゥ教で言うならば真言（マントラ）に当たるものとして、つまりこの言葉の全体を聖なる光として、本尊として、唱えておられたということだった。

以前にヨウが送ってくれた『おてあて治療法』という本は、地味ではあるが静かな確実な治療＝救いの世界があることを教えてくれた。そして今度の本は、同じように地味で静かであり、治癒効果もありながら、それが個人に向けられておらず世界に放たれた祈りであることを教えてくれた。僕達が旅をつづけているように、ヨウも旅を、唯一の旅をつづけていることが感じられた。唯一の旅とは、右にせよ左にせよ政治などによっては決して解決されず、ただその人の自己への沈潜においてしか解決されるあてのない、淋しい狭い道の旅のことである。

大きい子供達がそれぞれの部屋に引き上げ、道人も眠ってしまってから、順子と僕は久し振りにゆっくりと顔を見合わせた。焼酎のお湯割りを飲みながら、次から次へと彼女が語る、福島の話、神田の話、国分寺の話に耳を傾けた。どれもこれもなつかしく、嬉しい人の話ばかりだった。中でも嬉しかったのは、「ほら貝」に行ってマスターのサタンこと高橋博に会い、

「来年は太郎がこっちに来るから、アルバイトその他よろしくお願いします」

と言ったら、サタンが実に嬉しそうにうなずいてくれたということだった。太郎は「部族」を嫌い「部族」とは別の旅を目指している筈だが、来年受けようとしている大学は国分寺市の近くにあり、そうなれば足は自然に「ほら貝」に向くかも知れないのである。

アニキ

東京からアニキこと高橋正明と、イイナこと林謙二郎が来るという。イイナは以前にも白川山に来ているが、アニキは初めてである。アニキとは数年前に『約束の窓』という詩画集を出した仲で、僕の最も親しい中でも親しい友達だった。僕は、その人のためだったらどんなことでもしてあげたいという古風な友情を感じる友達は少ないが、アニキにはそれを感じた。もう一人、諏訪之瀬島に住んでいるナーガがいるが、そのナーガも少し遅れて一家で白川山に来、アニキ、ナーガ、僕の三人が、この土地で顔を合わす筈だった。僕の心は自ら勇み立ち、それを押さえつけるのに苦労した。どう押さえつけても自然に嬉しさがこみ上げて来て、じっとしていられない気持ちだった。いつもは十リットル単位でしか入れないトラックに、二十リットルガソリンを入れて、いつでも迎えに行けるように準備していた。

三月三十一日の夕方、くれおが「アニキが今晩の船でくるって」と伝えて来た。少し早かったなと思いながら、勇んで宮之浦港まで迎えに行ったが、アニキとイイナは来ず、その代わりに畔地さんという人が子供連れで降りて来た。その人からは前もって月末に来るという連絡があったのだが、アニキとイイナに気を取られていて、その人のことはすっかり忘れていたのだった。白川山ではもうアニキ達が来るというのは皆んな知っていて、マーブルの所のくれおまで知っていた。それでアゼチという人から電話が入ると、それをてっきりアニキと思い込んでしまったのだった。畔地さんには気の毒だったが、降りて来たのがアニキ達でなくて畔地さんだったのを知って、僕はがっかりしてしまった。

次の日に順子とミチトが帰って来、アニキ達は四月四日に来島する旨、伝言があった。四月四日は偶数日で、入港する船は一ぱいだけなので、その時間に合わせて宮之浦まで行ったが、どうしたことかその嬉しいヒゲ面は現われなかった。順子に問いただしたが、アニキは確かに四月四日には屋久島に着くと言ったと言う。しかし確かにその日はアニキ達は来なかった。次の日、アニキから電話があり、鹿児島までは来ているのだが、依頼されている仏像の修理の仕事がなが引いて、六日でなければ来れないと言う。もう三月三十一日から待っているので、僕はがっかりしてしまったが、六日になれば会えるのだからと思い直して、また待つ身になった。ところが五日の夜からどうしたことか風が北西に変わり、それも並みの北西風ではなく突風のような北西風で、六日も朝から吹きつづけ、結局船は欠航になってしまった。七日も風は強かったが、船会社に電話を入れると、出航したという。今日こそと勢い込んで港へ行き、降りて来るお客さんの一人一人をじっと見つめたが、最後の一人が降りてしまってもとうとうアニキ達は出て来なかった。僕はまたもやがっかりして白川山に戻って来た。その日は奇数日で、昼の船と夜の船の二便が入ったが、僕はもう夜の船を迎えに行く気力がなくなってしまった。迎えに行ってまたも乗っていなかったら、今度はアニキを恨むだろうと思った。イイナは前に来ているので道は当然知っているし、バスも出ているので、どうしても迎えに出ねばならぬということはなかった。いらいらしている僕を見て、順子はニヤニヤしながら、

「待っていれば、来ないわよ」

とからかった。

迎えに行き、タラップを降りて来るのを見つけ、僕のトラックに乗せて、白川山に連れて来るのが僕の希望だったが、前日の欠航といい、その日の昼船といい、天は僕らの久し振りの出会いをそのような形では望んでいないようだった。

夕方、迎えに行くのをあきらめてニワトリのエサを作っていると、いいおが走ってきて、

「アニキが屋久島に着いたって」と知らせてくれた。急いでエサを作り、やり終わってバスが一湊に着く時間を見計らってトラックを走らせると、百メートルも行かぬ内に道を登ってくるタクシーとすれちがった。道幅の広い所まで下ってトラックの向きを変え、戻って来ると、家

の玄関口にアニキとイイナが立っていた。アニキの顔を見たとたん、ぼおっとして声も出なかった。来る筈のない人が、そこに立っているような、信じられないような現実感しかなかった。

しかしアニキはしっかりと我家の玄関口に立ち、ひと目それを見れば十人が十人心の底から嬉しくなるような笑顔を、順子や子供達に向けていた。

アニキとは、もう十七、八年来のつきあいで、つきあい始めはナナオと出会った頃とほぼ同じだが、ナナオと決定的に違うのは、アニキははっきりと定住者であり決してヒッチハイクなどせず、放浪者ではない点だった。十七、八年前に初めて出会った頃、アニキは武蔵小金井の小さな借家に住んでおり、現在もやはり同じ場所の同じ家に住んでいる。ナナオとの出会い、ナーガとの出会い、バムアカデミー、部族と、今にして思えば嵐のような数年間が続いたが、アニキは一人の絵描きとして絶えずその輪の中にありながら、常に一歩距離を置いて僕らを見つめている風があった。一歩距離を置いている感じがしたのは、アニキは決して共同生活の仲間入りをしようとはせず、常に独立して自分の家を守っていたからだが、それは冷たさからでも臆病からでもなく、アニキが本当のアーティストだからだった。僕は全身で部族の中に飛びこんでしまったが、アニキは自分自身はそうはしなかったにもかかわらず、僕に対して一言の批難もしなかった。友情には二つのタイプがあって、その一つはお互いに切磋琢磨するというか、ぎりぎりに相手を責め合って、お互いの内に最後に残る信頼感をより所とするものである。時にはなぐり合いの喧嘩をしたり、絶交したりしながらも、矢はお互いの最後のより所に向けられているのがこの種の友情である。ボクサー的な友情とでも呼べばいいかも知れない。もう一つは、お互いの美点が好きになって、その美点において生じる友情である。美点が友情の源であるから、相手を批判したり議論をしたりする必要はほとんどない。相手に魅力がなくなれば自然消滅する友情で、いわば淡い恋のような友情である。僕はボクサー的な友情は苦手で、淡く長い恋のような友情が自分に合っていると思っている。

この十七、八年、僕は常にアニキに対してそういう感情を持ち続けて来た。まず第一に僕は絵描きが好きだった。アニキは絵描きだった。絵描きと詩人は最上の友であるというロマンティシズムを、十七、八年前も現在も僕は信じている。アニキの絵はアブストラクトで、理解するのにずいぶん年月がかかったが、いったん理解すると、アニキが描く絵であれば、どんな絵でもよい絵であることが判ってきた。いかなる美術団体にも属さず、個展さえも開かないので、世間からは何の注目も受けないが、アニキはそのことを全然気にかけていなかった。アニキの絵画に関する意見は、絵画とは絵を描くという行為である、という一点にあり、アニキの全生活は絵を描くという行為に集中されていた。こう言うと、アニキはまるで偏執狂のようだが、実際の生活はそんなものとは程遠く、ある時期はヒンドゥ絵画の模写に熱中し、ある時期は陶芸に熱中して自分の窯まで持ち、ある時期はお茶にこり、ある時期は自由律俳句に傾倒していた。またある時期は、名前は忘れてしまったがインドの小型の弦楽器を勉強し、ある時は将棋に熱を入れ、ある時は釣りを好んだ。その時期に応じて、アニキの前には絶えず絵画以外の熱中の対象があったが、その底にあるものは絵画以外のものではなかった。アニキには二人の子供がおり、上の子は今年中学生にもなるが、二人に自分をカッキという愛称で呼ばせていた。カッキとはエカキのカッキである。自分の子供に自分をカッキと呼ばせるのは、ずいぶんてれくさいことだったと思うが、何かの拍子で子供が自分をカッキと呼んだ時、アニキはそれを充分に受け入れるだけの素朴さと抽象性を兼ねそなえていた。アニキが素晴らしいのは、その時期に応じて絵画以外のものに熱中しながら、その熱中の対象を一応自分の納得の行く線まで自分のものにしてしまい、中途半端の趣味に終わらせない点だった。僕らの間では、アニキは絵描きであるのは当然のことであるが、俳句の宗匠であり、焼物の先生であり、お茶を点てればその席の主であった。去年の十一月に上京した時、アニキが今度はシタールの先生をやっているというので、驚いて見に行ったら、本当に弟子二人を相手にシタールのレッスンをしていた。その弟子の一人が一緒に来たイイナだった。

イイナの本業は彫刻で、三年位前にインドの旅から帰ってきてからは、ぼちぼちと仏像彫刻に取り組んでいる。僕はイイナが好きで、去年上京した時、白川山に移って来ないかと誘った

のだが、

「僕にとって現在はアニキが師(グル)なので、側を離れるわけには行かない」

と断られてしまった。僕がアニキのシタールのレッスンを見に行った時には、イイナは二番弟子で、まだやっと一つのラーガに取り組んだばかりの時だった。楽器というものが苦手で、楽器は何一つとして自由にこなせない僕には、シタールというような超楽器には触れるのも恐ろしかった。僕と同類だと思っていたイイナが、シタールを抱えているのみならず、汗を流しながらラーガに挑戦しているのを見て感心してしまった。それを教えているアニキは、すでに僕には天上の人であった。


四月八日、花祭りの日は、諏訪之瀬島からナーガ一家が到着する予定だった。北西風が相変わらず強く吹き、四月とは思えない寒い日が続いていたが、十島丸は何故か欠航せずに走ったことが確かめてあったので、ナーガ達は当然その日にやって来る筈だった。アニキ、イイナと三人で宮之浦港まで出迎えに行ったが、ナーガ一家の姿は出て来なかった。

「これで四回目だ」

と僕は愚痴った。

「オレが、現われない習慣を作ってしまったようだね」

アニキが言った。

僕の胸にふと不安が走った。十島丸は走ったものの、諏訪之瀬島はシケでハシケ作業が出来ず、ナーガ達は乗っていなかったのではないか。だとすれば、せっかくアニキに来てもらったのに、帰りの日が決まっているアニキとナーガは会うことが出来ない。十島丸は週に一度の割でしか走らないので、一度乗りそこなえば一週間は遅れてしまうからだった。早速、島に一本しかない電話を呼び出して、ナーガ一家が船に乗ったかどうかを確かめた。ナーガ一家は乗ったという、先方の返事だった。それなら鹿児島まで来ていることは確かだった。僕はほっと胸をなでおろした。アニキ、ナーガ、そして僕、この三人は今回は是非とも白川山で会わなくてはならなかった。というのは、ナーガと僕が共訳し、アニキが装幀を引き受けてくれた、十八世紀のインド・ベンガル州生まれの詩人、ラームプラサードの『母神讃歌（カーリー）』という本が、ようやく出来上がる予定だったからである。この訳詩集を出すことは、僕の十年来の願いで、自費出版ながらようやくこの四月上旬に出来上がることになっていた。本が出来上がるので、アニキもわざわざ東京から来てくれ、ナーガも三年振りで来てくれることになったのだった。ところが印刷所の都合で本はまだ出来上がっておらず、僕としては訪ねてくれる二人に誠に申し訳ない立場だった。しかし今となっては、いずれ本は出来上がるのだから本にこだわることもなかった。二十年近くもつき合いを重ね、お互いにそれぞれ別の場に独立して住んでいる僕ら三人が、白川山で出会えることに、僕はラームプラサードという聖詩人のこの世のものではない力を感じていた。

鹿児島のナーガ達の泊まり先は判っていたので、電話を入れると、十島丸が走ったのはよかったが物凄いシケで、ナーガの二人の娘と奥さんのラーダがひどい船酔いをして、とても再び屋久島行きの船に乗れる状態ではなかったと言う。

「明日には行けると思うよ」

電話の向こうで、なつかしくうれしいナーガの声が言った。

アニキとの二晩目を、焼酎を飲んで過ごしたことは言うまでもない。その夜は四月八日の夜で、お釈迦様のお生まれになった日で、花祭りの夜であった。四十度の熱を出して寝ているマーブルを除いて、白川山住人の全員が集まり、アニキとイイナを囲み、いろりの火を囲んで焼酎を飲んだ。飲んでいる内に、せっかく宗匠のアニキが来たのだから句会をしようということになり、白川山住人としては歌と踊りではなく異例の句会になった。アニキは俳句を本当に愛しており、この三年間は、アニキの本当の兄貴であり北海道新聞の俳句選者をしている高橋貞俊さんと組んで、俳句と抽象絵画の二人展をやって来たほどである。アニキの郷里は北海道の旭川で、その地にはまだお母さんが生きておられた。僕はアニキの二人展を、美術界の意味での個展とは見ておらず、ひそかに「親孝行展」と呼んでいた。アニキは、美術界的な意味で個展にせよ二人展にせよするような人ではなかった。アニキにとって絵画とは、絵を描くという行為そのものでしかなく、その行為の中に絵画の本質があった。

僕も俳句が好きだった。好きというより、俳句は深く素朴な真（まこと）の詩の形式であり、僕の本業に他ならなかった。しかしながら白川山の住人は俳句の素養がほとんどなく、愛してもいなかったので、あまり楽しい句会にはならなかった。

僕の家の入り口には、甘茶の木が植えてあった。甘茶の木は落葉樹だが、四月の八日ともなれば青葉をいっぱいに繁らせていた。その葉を二十枚ばかりちぎって、いろりにかけた鍋で僕はゆっくりと煎じていた。その日は四月八日であり、ブッダ誕生の日であった。

昨年上京した時、イイナが高さ十五センチほどの誕生仏を彫って僕にプレゼントしてくれた。プレゼントしてくれる時、側にアニキがいて、

「この仏は本物だよ。三省、間違いないよ」

と言った。

イイナがこの二、三年間、間違いのない仕事をしてきたことは僕も感じていたので、いただいて帰島すると早速に居間の祭壇に安置してあった。

その夜は、その誕生仏に甘茶をかける夜であった。僕は直径四十センチ程のユスの木の輪切りを台座に選び、その上に誕生仏を運んで行った。二本のローソクを灯し、電燈を消した。鍋

からまだ暖かい甘茶を汲み、
「オンムニムニ　マハムニ　シャキャムニ　エー　スヴァーハー」
というブッダのマントラを心の中で唱えながら、誕生仏の頭から甘茶をかけて額をタタミにこすりつけ礼拝した。続いてアニキが甘茶をかけた。続いてイイナが甘茶をかけたが、その時イイナは酔いも手伝ってかむせび泣いていた。アニキと同じようにがっしりした大きな体格で、ひげ面で、一見すれば野蛮人のようなイイナだったが、彼はものごとに感動するとすぐに大粒の涙をこぼし、はらはらと泣いた。イイナの涙は、僕達の間では他に比べるもののない宝玉であった。僕達の間かどうかは正確ではないが、少なくとも僕にとってはそうだった。イイナがむせび泣くと、僕の胸も純粋の涙で清められるのだった。

外では季節外れの北西風が吹き荒れ、次の日も同じだった。屋久島に来て五年が過ぎたが、四月にナーガ一家が乗ってくる筈の船は、またもや欠航だった。船会社に電話を入れると、ナーガ一家が乗ってくる筈の船は、またもや欠航だった。船会社に電話を入れると、ナーガ一家が乗ってくる筈の船は、またもや欠航だった。

ナーガ一家が来たら、兵頭さんからマイクロバスを借りて、皆んなで島一周をし、途中で温泉にでも入ろうと思っていた計画は、変更せずにはおれなかった。アニキ達は十一日にはどうしても屋久島を発たねばならず、ナーガ一家が来るのはすでに早くて十日の午後になってしまったので、時間的に皆んなで島一周をする計画は無理になった。

「アニキ、温泉に行ってみようか」

仕方なく僕は言った。

「いいねえ」

アニキは同意してくれた。

「いいですねえ」

イイナも同意してくれた。

そこで尾之間（おのあいだ）にある、白川山からは四十キロばかり離れている温泉に行くことになった。トラックを走らせながら、

「アニキ、杉を見てみる？」

と僕は尋ねた。

「縄文杉は一晩泊まりでないと見れないけど、弥生杉なら車を降りて十五分も歩けば見れるよ」

「弥生杉。いいねえ」

アニキは言った。

「行きましょう」

イイナが言った。

白谷雲水峡に弥生杉と呼ばれる樹齢三千年の杉があり、すぐ近くまで車で入ることが出来た。快適なドライブというわけには行かなかった。四月だというのに、北西風は船が欠航するほどにびゅうびゅう吹き、山道を登って行くととうとう霰（あられ）が降り始めた。途中の、宮之浦の町とその向こうに続く海を見下ろす展望所で一服したが、その時は霰がざんざんと降りしきり、南の島どころか北海道のようであった。フードをかぶり、霰の中でじっと海を見下ろしているアニキの後ろ姿を見て、僕の胸にじんと感じられるものがあった。アニキはやはり北の人であった。屋久島の四月に、霰を運んでくるような男は、アニキをおいて他になかった。白谷雲水峡にたどり着き、車を降りて山道を登り始めると、驚いたことにそこには雪が積もっていた。積雪というほどではなく、窪みに白いものがうすく積もっている程度だったが、それは霰ではなく雪だった。十五分ほど登って、弥生杉に着き、そこでしばらく休んだ。弥生杉は縄文杉と同じく、僕にとっての聖老人であり、礼拝の対象であった。アニキ達がそこまで同行してくれたことが、僕にはとても嬉しかった。

「立派な杉だ」

アニキが杉を賞めてくれると、僕は屋久島全体が賞められているようで嬉しかった。

山を下り、トラックを走らせて尾之間（おのあいだ）の温泉に行った。海を眼下に見下ろす、総ガラス張りの温泉にゆっくりとつかった。

帰りに安房(あんぼう)の町で、安房川の川畔にある「散歩亭」という店に寄った。店はまだ開いていなかったが、以前に東京の大手出版社でイラストレーターをやっていたマスターのノンこと池亀さんとは友達なので、特別に店を開けてもらい、僕はコーヒーを、アニキとイイナはビールを飲んだ。ノンは熊本産の濁り酒を一升おごってくれた。絵描きと彫刻家とイラストレーターが集まれば、自然に話はその方向に行き、運転手でお酒の飲めない僕は、三人で交わされる絵画論に耳を傾けているだけだった。

アニキはこの一、二年計画している絵画と音楽との結合について、熱を込めて語り出した。俳句と抽象絵画との結合という旅を終えて、今度アニキが計画しているのは、音楽、それもクラシック音楽との結合だという。結合の相手は群馬交響楽団の首席バイオリニストをしている人で、アニキの側ではすでに絵画としての楽譜が一点か二点出来上がっているのだという。途中でノンが、宮崎市に住んでいる、やはり抽象絵画をやっているキョクの絵を一枚持ち出してきた。キョクこと伊東旭さんは今年六十歳になる人で、僕も親しくつき合ってもらっているが、ノンの友人でもあった。その絵はとてもいい絵で、僕は初めて見るものだったがうんと気に入った。アニキはしばらく見入って、

「いい絵だが、これは表現にすぎない。オレにとっては、絵はもう表現じゃないんだ」

と言った。

その言葉をきっかけにして、再び絵画論が三人の間でかなり激しい調子で続けられた。開店時間の七時が過ぎて、お客さんが一人入って来ようとしたら、ノンは、今日はちょっと開店が遅れるので、と言って追い返してしまった。ノンの絵画論というか美についての意見は、安房川の奥の渓流でヤマメを釣ることであるとか、奥岳に登って霧がおしよせてくるのを味わう時の一瞬の戦慄についてであり、アニキの言う「表現ではないもの」とほぼ同質のものであった。アニキはしかし絵描きとして、その表現ではない行為に表現者として取り組もうとしているわけだった。その議論は楽しかった。濁り酒一升がたちまち空いて、それを区切りに、ノンはさっと立ち上がり、店内の明かりを入れた。

白川山に帰ると、久子さんのお産が始まりそうだという。予定日はまだ十日ほど先だったのだが、もう三十分おきに陣痛が来ているという。久子さんは一人で二度インド・ネパール・セイロンの旅に出、二度目の旅の途中でシチューに会い、シチューと共に白川山に住むようになった人である。

「そりゃ大変だ。祝わんば」

アニキは嬉しそうに声をあげた。

「シチューが親父になる日に、オレが来ているなんて、こりゃ一体どうしたことか」

僕達は皆んな、シチューの住んでいる家のすぐ上にある、サトこと佐藤憲司の家に集まって飲み始めた。その夜の潮は午前一時なので、たぶんその頃になるのではと見当をつけて、賑やかに飲み始めた。僕は産婆さんを迎えに車を走らさねばと思ったので、またもや飲むのをひかえていたら、チョクこと佐藤直が、運転は自分がするから遠慮なく飲んでくれという。

「大丈夫?」

確かめると、シチューの親友でまもなく現在の永田部落から白川山に移ってくることになっている漁師のチョクは、

「大丈夫さ」

にっこり笑って答えた。チョクが常に大丈夫な男であることを知っていたので、僕の運転はやめにして、僕も飲み始めた。

その夜は句会にはもちろんならず、歌の夜になった。最初に歌ったのはサトだった。

南の島で
心に沁みた
人の情が
真心が

サトの音痴は有名なものだったが、音痴をものともせず、酔いの中でサトが低い声で歌った。鹿児島生まれで、自称地ごろのサトの歌いっぷりは見事で、サトは本当は音痴ではなくただはにかんで生きているのだということが判った。僕は自分が音痴なので、人のそういう所が判るのである。次にはアニキがロシア民謡を歌った。ジュンが歌った。安っさんが歌った。チョクが歌った。僕も歌った。またサトが歌った。アニキが歌った。白川山では、楽しい夜は歌の夜になる。歌のジャンルは流行歌あり童謡あり唱歌ありロックあり、カンツォーネあり民謡あり即興曲ありで、要するに何でもよかった。

その夜はシチューと久子さんの赤ちゃんが生まれる夜だった。大いに飲み、大いに歌うことが僕らのお手伝いだった。病院の一室で、注射を打たれたり夫が遠ざけられたりして生まれるのではない。僕らが皆んなの手で建てた家の中で、シチューはいつでも来いという風に、いろりの火をたいて産湯をわかすのに余念がなく、産婆さんは産婆をはじめてこの四十年来産婦を死なせたことは一度もないというベテランである。産婆さんを迎えに行くチョクは、必ず大丈夫な男で、シチューの中学高校以来の同級生で親友だった。心配することは何もなかった。ただ潮時を待ちさえすればよかった。

やがてシチューが下の家から上がってきて言った。

「チョク、行ってくれ」

「よし」

チョクはしっかり立ち上がると、産婆さんを迎えに行った。僕らは再び飲んでは歌い、歌っては飲んだ。三十分もするとチョクの車が帰ってきた。あとは生まれるのを待つばかりだった。不思議なことに、誰もお産が長引くなどとは思っていなかった。お産が実際に始まってから、五時間も六時間もかかることはよくあることであり、久子さんは初産（ういざん）で少しは高齢出産なのに、僕も含めて皆んなは何故か産婆さんが来ればすぐにでも生まれるように思っていた。

一時三分に女の子が生まれた。

サトと僕は抱き合って喜んだ。酔っていなければそんなことは出来ない僕の性（たち）だったが、酔っていたので自然にそんなことになった。

「よかった。よかった」

サトがうめくように言った。ふと顔を合わすと、サトの両眼から涙がふき出していた。酔いの中で、僕にはその涙が真珠のように美しく見えた。

「これがサトの心だ。地ごろの心だ」

僕に深く了解されるものがあった。

お茶

四月十日は、四、五日吹き荒れた北西風が止み、穏やかな春らしいお天気になった。僕は車をチョクの乗用車と取り代えてもらい、アニキとイイナを乗せて、ナーガ一家の出迎えに行った。途中、一湊の町で卵を置いてもらっている二軒の店に寄り、卵を下ろした。その卵は、いわゆる平飼いの有精卵で、飼料も配合飼料は使っていないので、都会であれば一個四十円から五十円で売れる筈なのだが、一湊では「地玉子」と書いただけで値段も普通の卵と同じだった。以前には「平飼い有精卵」と書いて売ってもらっていたが、そんな特殊な卵を理解して買ってくれる人は一湊の町にはいない。「地玉子」なら理解してもらえた。「地玉子」がどう理解されるのかというと、地玉子は鹿児島から来る卵に比べて新しいということだけだった。その中味については誰も興味を示してはくれなかった。以前には、僕の平飼い有精卵が鹿児島から来る工場卵と同じ値段でしか売れないことに、ずいぶん悔しい思いをしたが、現在は、僕の持って行く卵を一湊の人達が食べてくれることに満足して、それを有難いと思っている。悪かろう安かろうと同じ意味で、良かろう高かろうではやはり仕事としては感心しない。良いものを安く売るということが、生産にしろ商売にしろやはり基本なのだと思う。僕も島の百姓の一人として、一円二円の値づけが実は本当の勝負なのだということがつくづく判って来たが、その値づけの勝負にいつも負けてしまう。しかし、信仰者の立場に立てばそれでいいのである。人生の経済勝負には負けていい。人生そのものにさえ負けていいのである。負けてはならないのは、僕自身の悲しみや不幸に対してだけである。悲しみや不幸に耐えて悲（ひ）という僕自身の光の中に立たなくてはならない。

学校帰りのセイコちゃんとミカちゃんが、

「今日ワ」

と声を揃えて挨拶をして行った。

「今日ワ」

僕も声をかけた。そこは一湊のガジュマル通りだった。

「可愛い子達でしょう。ラーガの同級生なんだよ」

アニキに言った。

「可愛い、可愛い」

アニキは言った。

「僕は一湊の町を愛しているんですよ」

僕は言った。

「おッ、そろそろ三省が出て来たぞ」

アニキが言った。

志戸子（しとご）部落に向かう坂道を登って行くと、そこから広々と海が見下ろされ、宮之浦港へ向かっているフェリー屋久島の船体が、白く小さく光って見えた。

「あの船にナーガ達が乗っている」

僕は自分自身に言うように言った。アニキとイイナは東京からその船に乗ってきたが、ナーガ一家は諏訪之瀬島からその船に乗って来るのだった。人口五十人足らずの淋しい淋しい島から、ナーガ達はやって来るのだった。ナーガは、僕にクリシュナ神への愛を教えてくれた人であり、それはとりもなおさず世界への愛を教えてくれた人であった。ナーガ一家とは、去年の二月に宮崎のキャップの所に合流して会ったが、屋久島を訪ねてくれるのはほぼ三年振りのことだった。

宮之浦港に着くと、丁度船が入って来る所だった。すっかり汚れてしまっているが、白い船体のフェリー屋久島が防波堤を曲がって、徐々に接岸しつつあった。穏やかな春の陽を浴びて、フェリー屋久島はボオボオと接岸の合図を鳴らした。その中には、諏訪之瀬島の漁師であり、僕に世界への愛を教えてくれた人が乗っているのだった。世界への愛とはとりもなおさず僕自身への愛のことである。もはや疑いはなかった。三度目ならぬ五度目の正直で、今度こそ必ず待つ人を迎えられるという確信が僕にはあった。

「長沢を迎えるのはこれで二度目だなあ」

アニキがふと一人ごとのように言った。

「二度目？」

「うん。一度目はあのヨダレの王様がインドから帰って来た時だった」

数多くのインド帰りの友達を身近に持ち、シタールの先生までしながら、自身はインドへなど行こうともしないアニキは、感慨深げだった。僕もアニキもイイナも、一心になってタラップを降りて来る人を見ていた。

「あッ、来た」

僕とアニキと同時に小さく叫んだ。ナーガの、以前より少し痩せた陽に焼けた顔が、以前と同じく何も見ていない遠い眼つきでゆっくりとタラップを降りて来た。僕ははじかれたように走り出し、タラップの途中で荷物の一つを受け取った。ラーダ、娘のアミタとマオが続いて降りて来た。ラーダというのはクリシュナ神の永遠の恋人であり妃でもある人の名で、ナーガの奥さんの呼び名でもあった。アニキはナーガのことは学生時代以来のつきあいで長沢と呼んだが、ラーダのことはラーダと呼ぶ他はなかった。ラーダはナーガより十歳以上も年下の、ナーガの恋人で奥さんで、アミタとマオのお母さんでもあった。まだ二十代で輝くばかりに若く美しかった。しかし、僕達の間では年齢は一切関係がなかった。僕はそろそろ四十代の半ばに達し、アニキもナーガも四十代に乗った筈だったが、陽の当たる宮之浦港での久し振りの僕達の出会いには年齢はなく、十七、八年前と同じく、十年前と同じく、五年前と同じく三年前と同じく、ただ永遠の今だけがあった。その今は、喜びに充満していたが、その充満は静かで、あたり前の日常の出来事でさえあった。

「ああ、アニキも来てたの」

ナーガはなにごとでもなく言った。

「来てたのかってお前、そりゃ来てるさ。もう帰るところだよ」

アニキが言っていた。

宮之浦に一軒だけある日本ソバ屋の楓庵(かえであん)で昼食を済ませ、白川山に帰った。

白川山に帰りつくと、順子がお茶の用意をして待っていた。お茶は、アニキがおみやげに持ってきてくれたジャスミンティだった。香り高いジャスミンティを飲んでいると、ふとナーガが言った。

「なんだ、これはワガ茶じゃないか」

「ワガ茶？」

僕は忘れていた。

「そうだったなあ。忘れていた。これはワガ茶だった」

アニキが言った。アニキがそう言うと、僕も突然に思い出した。ほぼ十年前、当時はカップルだったナーガとピイちゃんが、インドから帰って来た。ナーガは風土病の流行性肝炎にやられて、命からがらの帰国だった。タバコはもちろん、よだれの出るほど好きな酒も飲めない状態だった。同じほど酒飲みのアニキには、ナーガの気持ちがよく判っていた。

インドには飲酒の習慣はなく、ヒンドゥ教の真髄を求めて旅立ったナーガが、インドで酒を飲んでいた筈はなかった。そのことはもちろんアニキにはよく判っていた。けれども同じ酒飲み同士の直感で、アニキには帰国当時のナーガに何を飲ませたらいいかがはっきり判っていた。それが、ワガ茶とアニキによって命名されたジャスミンティだったのである。

「ワガ茶か。なつかしいなあ」

めずらしくアニキが、遠くを見る眼つきをしていた。アニキは即時の人で、感傷の人では全くない。そのアニキが、めずらしく遠くを見る感傷の声をあげたので、僕はことの他嬉しかった。僕は感傷の人で、即時の人ではなく、僕の即時は感傷だったからである。

「なんだ、忘れてたのかい」

ナーガが言った。

「忘れてた」

アニキが答えた。

「忘れていたなあ」

僕も答えた。

「ワガ茶か」

アニキはまたつぶやいて嬉しそうにジャスミンティを飲んだ。ジャスミンティは、アニキのワガ茶であり、ナーガのワガ茶であった。そして僕にとってもやはりワガ茶であった。それを漢字にすると「我茶（わがちゃ）」になる。

三人で飲む　春の　我茶

僕に思わず一句出来たが、その一句は胸の内にしまっておいた。

午後の時間はゆっくりと過ぎて行き、やがてニワトリにエサをやる時間が近づいていた。僕は、元山岸会の特講の係（かかり）をしていた石垣さんに教えてもらって、ニワトリ達には日暮れの二時間前に一日に一度だけエサをやることにしていた。そうするとニワトリ達は、日が暮れるまでエサを食べて眠り、翌朝になると食べ残した充分なエサを食べるので、日に二度エサをやるのと同じことになるわけである。

その夜もまた焼酎を飲んだのは言うまでもない。やっと熱が下がったマーブルも加わって、ナーガ、アニキ、イイナ、白川山の住人、皆んなで焼酎を飲んだ。永田部落から、その夜もジュンが来ていた。ジュンは永田部落に属してはいるが、部落とは四、五キロ離れた椎木山(しいのき)という所に大きな家を建てていた。そこには電気がなく、ランプで生活し、観音道場という看板を、外にではなく家の中にかかげていた。

次の日の朝、ラーダがたいたいろりの火で湯を沸かし、アニキとナーガと僕の三人でお茶を飲んだ。そのお茶はジャスミンティではなく、普通の日本茶だった。僕達の間には何も言葉がなかった。ナーガは漁師で、僕が知っている限りでは今の世でただ一人の本物の詩人であるが、言葉のない人だった。ナーガと向かい合っていると、黙っていることが最上だった。最初の内は、その沈黙は少々ぎこちないものであるが、三分、五分と時間が経つと、いつしかぎこちなさが消えて行き、沈黙は自然の心地よい沈黙に変わって行った。それは、山の中で一人で仕事をしている時の、静かで全く自由な沈黙と同じものであった。

その日はもうアニキ達が発たねばならぬ日だった。僕とナーガとアニキの三人は、黙ってありきたりの日本茶を飲んだ。そのお茶は、ありきたりの日本茶ではあったが、ただのお茶ではなかった。それぞれ離れた場所で暮らしている三人が、ほんとうに七、八年振りで顔を合わせ、お互いの心を飲む、お互いのワガ茶であった。その茶はかすかに甘く、かすかに煙の匂いがした。

「よだれだな」

長い沈黙のあとでアニキがぽつんと言った。

子供達に与える詩

太郎に与える詩(うた)

十三歳になった太郎
やがてはっきりと私のものではなくなってゆくお前に
父親の私はひとつの歌を与える
この歌はやがてお前の人生を指し示す秘密の力となるだろう
父は常に貧しいものであったが
その貧しさには黄金(こがね)色の誇りがあった
お前の住む家は　部落で一番みすぼらしく
屋根は破れ　雨漏りがし　時々　母はそのために泣いた

お前の住む家には　車もなく　電話もなく
カラーテレビもなく　それどころかしばしばお金もなかった
時々　母はそのために苦労した
林業で暮らすこの部落でも
すべての家が車を持ち　すべての家に電話か有線電話があり
カラーテレビが備わっている時代だった
武田武士の流れを汲む伝統に住んでいる部落の家々は
門構えもどっしりとし　人が住むにふさわしい格式と品位を持ち　静かに落ち着いて
春には花々に埋まるようになり
夏には深い緑に沈むように
秋には栗や柿の実がしっかりと実り
冬には柚子(ゆず)の実の黄金(こがね)色に雪が降った
父はお前が小学一年生の時に　よそ者として流れ者として
廃屋になった一軒家を借りて　この部落に入ってきた
東隣りは　真光禅院という大きなお寺だった
西隣りは　五日市憲法という士民自治のためのめずらしい古書が発見されたお蔵だった

父は廃屋に手を加えた
父は喜ばしげに屋根をなおし　腐った畳を入れ替え　破れた戸を修理した
けれども　いくら手を加えてもその家は世間の家と同じような家にはならなかった
何故かというと
家というものは　雨露がしのげ　暑さ寒さがしのげるだけのものでよい　という父の思想と
母の一歩譲った同意がそこにあったからだ
部落の人たちは　そんな家に満足して住んでいる私たちを見て　笑っていた
父にはその笑いがまぶしかった
だが子供のお前には　その笑いは棘だっただろう
お前がブルージーンズを嫌って　黒のサージの学生ズボンで学校に行くと言い始めた時
お前が母の手で頭を刈られるのを嫌い　町の床屋に行きたいと言い始めた時
父は　お前の心に刺さった棘をのぞき見た
二十年近くも前に　父は世間で初めて大学にブルージーンズをはいて行った学生だった
そして今でもブルージーンズが好きだ
父はまた　お前のお母さんの手で頭を刈ってもらい　もう十五年も床屋さんには行ったこ

とがない
父の手は　だから
お前の心に突き刺さった棘を抜いてあげることが出来ぬほど弱いものではない
だが　その棘と正しく戦うことは　お前の人生に課せられた最初の手強い門なのだ
父は今　世間との正しい戦いの途上にあって　お前にこの歌を与えている
父は　時々疲れ　時には病み　泣くことがある
疲れること　病むこと　泣くことに敏感なお前は
十三歳のくせにもういっぱし人の弱みを許すあいまいな微笑を知っているところがある
それはお前の優しさ
お前が父と母の愛からではなくて　涙から生まれてきた因縁による優しさなのだろうが
よく覚えておけ
それは世間というひとつの深い棘と等しくお前の心に突き刺さったもうひとつの棘
因縁という　必死の棘なのだ
この棘を抜いてあげる力は父にはない
父は自分の胸に突き刺さっている　自分の宿命の棘を抜くことで精一杯なのだ
だから父はいつも思っていた

父が精一杯に生きることが　父が子に与えることが出来る唯一の本当の贈りものなのだと
夏には　父は海で泳いだ
秋には　父は読書をした
冬には　父は火を見詰めて信仰の涙を流した
春には　父は恋の炎を信仰の火で焼くことを学んだ
そして一年中　もうずい分長い間
父は自分の納得のゆく社会を創りだすことと
自分の納得のゆく心の目覚めを得ることのために旅をしてきた
これからもそうするだろう
お前の住んでいるぼろ家が
東隣りにはお寺があり
西隣りには土民自治のめずらしい古書が発見されたお蔵のある場所にあったということは
偶然のこととは言いながら　そういう意味も含まれていたのだ
父はお釈迦様のお弟子であり　新しい社会共同体創りを目指すひとりの詩人だ
父はインドのヴェーダーンタという深い思想に従い
長本兄弟商会という無農薬の八百屋さんをやっているひとりの八百屋だ

そして父は　お前を含めて三人の子供たちの父親でもある
父は裸で　ひとりで行くものだ
十三歳になった太郎
やがてはっきりと私のものではなくなってゆくお前に
父親の私はひとつの歌を与える
お前の若い胸に突き刺さった棘は　お前自身の力で抜きとれと
父は喜ばしげに　決意をこめて歌うのだ

四月十四日に、つかの間の日々が過ぎて諏訪之瀬島に帰るナーガ一家を、宮之浦港に見送った。

「また来るよ」

短く言い残して、ナーガ達は去って行った。白川山へ向けて車を走らせ始めた途端に順子が言った。

「きのうは何の日だか知ってる？」

「きのう？」

「きのう。四月十三日」

順子が言った。

「わからない、何の日だろう」

「馬鹿ね。太郎の誕生日よ」

そう言って順子は、くすりと笑った。ナーガに夢中になっていて、子供の誕生日も忘れてしまった僕を、やわらかくからかっているのだった。

「うーん」

僕はうなってしまった。

「何かお祝いしてやらなくっちゃね。それとも、もう十九歳にもなるんだし、過ぎてしまったんだし、やめにするか」

順子が言った。

「いや、やろう。十代の最後の誕生日だもの」

僕は言った。

「ジュン、よかったら一緒に祝ってやってくれない」

僕は後ろの席に乗っているジュンこと山本純に声をかけた。今や島一番の潜りの名手の評判をとっているジュンは、歌い手でもあり、彼が作詞作曲した「あなた求めて」という歌や、僕が作詞しジュンが作曲した「去年の切株に腰かけて」という歌などは、僕達の間では誰一人知らない人はいないのだった。同時にジュンは、太郎がまだ小学校に入るか入らぬかの頃から、遊んでやってくれた仲で、今また縁があって、部落はちがうけども同じ屋久島に住んでいるのだった。

「いいよ。行くよ」

ジュンは同意してくれた。車を白川山ではなく宮之浦の町に向け、順子は誕生日のお祝いの買物をした。

太郎が十三歳になった時、僕は最初に掲げたような詩を書いた。それからもう六年が過ぎたわけだった。本来ならば大学に行っているか浪人しているかの年齢だが、彼が小学四年生の時、一年間休学させてインド・ネパールの旅に連れて行ったので、今年が高校三年というわけだった。

「オレが部族になったのは、たぶん十九の時だったと思うよ」

ジュンが言った。

そうだった。部族が新聞を発行して、新宿の街で一万部も売りまくった頃には、僕らの周囲には十代の若者達がわんさと押しかけていた。十七歳、十八歳、十九歳の若者はざらで、中には中学校を出たばかりの少年さえいた。

「われらは未だ知られざる文明の野蛮人である」

というイタリアの彫刻家の言葉や、

「われらを夢みているひとつの夢がある」

というアフリカのブッシュマンの言葉や、

「神を求めて泣きなさい」

というインドの〔神の〕化身ラーマクリシュナの言葉や、

「世界中に百のキューバを！」

と叫んだチェ・ゲバラの言葉をもじった、

「世界中に百千の部族を！」

という言葉が、僕達の胸底に力強い永遠の言葉として響いていた。長野県の富士見高原に「雷（カミナリ）赤ガラス族」という場が出来、鹿児島県の諏訪之瀬島に「夢みるガジュマル族」という場が出来た。宮崎県の日南市に「祈るカマキリ族」という場が出来、東京の国分寺市に「エメラルド色のそよ風族」という場が出来た。そこに集まった若者達は、多く十代の後半から二十代の前半の人達で、それはまさしく太郎の現在の年齢であった。


宮之浦で買物を済ませて白川山に帰る途中、志戸子（しとご）部落の産婆さんの家に寄り、生まれた日から一週間毎日往診に来てくれる産婆さんを乗せて来た。せっかく産婆さんを乗せて来たので、円と名づけられた赤ちゃんをお湯に入れるのを見ることにし、シチューの家に行った。シチューも久子さんも、わずか四、五日の間にすっかり父親と母親になっており、シチューはてきぱきと円ちゃんに使わせるお湯の準備を整えていた。円という名は、シチューが荘子の内篇を読んでいる時に思いついた名前であるという。シチューこと吉田明夫は、一湊の港から出る一本釣り漁船に乗る漁師であるが、漁師であるからこそ荘子も老子も読み、仏典も読み、ラーマクリシュナの「不滅の言葉」も読むのである。何故かというと、漁師というものはシケの日が続けば、百姓で動物を飼っている僕などとは違って、一日中天下晴れて読書にふけることも出来るからである。

円ちゃんのお湯が終わって、シチューが産婆さんを送って行くと、僕はもう立っていられない程の疲れを感じたので、家に戻ってしばらく眠った。ラームプラサードの本が出来る予定でナーガとアニキに来てもらったのに、本が出来ないホスト役ですっかり疲れてしまった。喜びが深ければ、疲れもまた深いのは、たぶんやはり年齢のせいであった。六時頃眼が覚め、それから急いでニワトリ達にエサをやった。

太郎の誕生日のお祝いは、イチゴのショートケーキと鳥のももの唐揚げだった。ジュンも加わって、合計九人で太郎の十九歳の誕生日を遅ればせながら祝った。僕は何か教訓めいたことを言いたかったが、何も言うことが出てこなかった。

「ウチで誕生日を祝ってもらえるのは、今年で終わりだな」

とだけ言った。

「太郎兄ちゃんはウチからいなくなるのか」

ラーマが言った。

「そうよ、太郎兄ちゃんは、来年は東京に行くのよ」

順子が言った。

「東京かあ、おれも行ってみたいなあ」

ラーマが言った。

「おれも東京に行くんだぜ」

次郎が断固とした調子で言った。

「次郎兄ちゃんも行くのかあ」

ラーマが少しおどけて言った。

「ラーマはお父さんの後をついで、白川山で百姓をやりながら詩を書くんだろ」

順子が言った。

「そう、僕はお父さんの後をついで、ニワトリを飼いながら詩を書くんだ」

ラーマが言った。

「まったくガキだ」

不意に太郎が口をはさんだ。

「そうだよ、こいつはまったくガキだ」

最近とみに大人びてきた次郎が合槌を打った。

「太郎は大学に行くの」

ジュンが言った。

「うん、行く」

太郎はちょっとはずかしそうにしかしはっきりと答えた。太郎がはずかしそうに答えている顔を見て、僕は嬉しかった。大学に行くことは、恥ずべきことではないけども、今の世においては、まっとうな感覚を持っていれば、少なくとも幾分ははずかしいことである筈だった。

「工学部に行くの」

ジュンが言った。

「うん、工学部」

太郎が答えた。

食事が終わってから、ジュンと僕とは軽く焼酎を飲み始めた。

「飲むか」

太郎にもすすめたが、太郎は首を振った。他の子供達が去り、順子も洗い物に立ったが太郎はその場に残って、何となくそこに座っていた。

「今日はお前の誕生日だから、ボブ・マーレイでもかけてみるか」

ふと思い出して、僕は立ち上がって隣りの僕の部屋に行き、ボブ・マーレイのカセットをセットした。ボリュームをかなりの程度に上げた。

「アプライジング。ボブ・マーレイの最後の曲だよ」

僕は言った。

「ボブ・マーレイって知ってる？」

ジュンが太郎にきいた。

「知らない」

太郎が答えた。

ボブ・マーレイというのは、愛と反逆が油と油のように混じり合った、ボブ・ディランとビートルズ以来の最高の歌い手なんだ、と解説してやろうかと僕は思ったが、そうはしなかった。アプライジング、つまり「蜂起」というタイトルのレゲエ音楽を聞いていれば、それだけで解説することは何もなかった。十九歳になった太郎を親として祝ってやる音楽としては、最高の音楽だった。少なくとも僕にとっては、それはぎりぎりの僕の若さの音楽だった。有難いことに、側にジュンがいた。ジュンには、僕より遙かに身近に深く、レゲエ音楽が理解されている筈であった。

ボブ・ディランが永遠であるように、ビートルズが不滅であるように、ボブ・マーレイもまた永遠であり不滅であった。しかもそれは刻々と過ぎて行く永遠であった。ある意味では過去になった永遠であり、ある意味では現在する永遠であり、ある意味ではやがてやってくる永遠でもあった。

その永遠とは、愛することである。深くこの世を愛し、この世にただ深く在ることである。その永遠とは、反逆することである。深くこの世にあって苦しみ、この世にただ深く在ることである。

愛することと、反逆することとは同じことである。それは反逆すること苦しむことは、実は愛することであるからである。愛することと、反逆し苦しむことは、ひとつの大地に芽生えひとつの大空に向かって伸びる双葉(ふたば)のセンダンの葉のようなものである。その大地と空を、僕は平和(シャンティ)という言葉で呼ぶ。

平和(シャンティ)
平和(シャンティ)
平和(シャンティ)

これが十九歳になった太郎に、父親の僕が与える歌である。太郎だけではない。次郎に、良(ラー)磨(マ)に、道人(みちと)に、踊我(ヨガ)に、裸我(ラーガ)にも与える歌である。

ボブ・マーレイが終わると、いつの間にか太郎は自分の部屋にひきあげて行った。ジュンと僕とは、言葉少なく焼酎を飲んだ。久し振りにレゲエを聞いた余韻が残っていて、それが焼酎の酔いと共に体を流れ、気持ちがよかった。

「観音道場の看板は、表には出さないの」

ジュンに僕は尋ねた。

「うん。出さない」

ジュンは言った。

ジュンは島一番の潜(もぐ)りの名手で、レコードこそ出さないが多くの友達が彼の歌を口ずさむ本物のシンガーソングライターであるが、今度自分で「椎木(しいのき)山観音道場」という横書きの大きな木の額(がく)を書いて、家の中に掲げた。その家のそばに小さな八畳ひと間ほどの家を作り、そこを自分の住み場所にするつもりらしかった。

ジュンと僕とは同じ観音信仰者だった。数多くある神々や仏の中で、同じ観世音に信仰を持っていることは、嬉しいことだった。初めて出会った頃、十九歳だったジュンも、今はもう三十一歳になった。そして家の中にではあるが、観音道場の額を掲げることになったのである。やがてジュンが引き上げ、僕は家の中に一人になった。四月に入ってから色々の人が来て忙しかったが、その人達が去って一人になると、一種の虚脱感があった。その虚脱感の中で、ふと、この旅はどのように続き、どのようにして終わるのだろうか、という問いが起こった。

僕は自分の部屋に引き上げ、観世音の祭壇の前に坐った。インド・ネパールの巡礼の旅以来、ほぼ八年間その御名(みな)を呼びつづけてきた小さな十一面観音(ローケシュヴァラ)の立像である。久し振りで祭壇の三本のローソクに火をつけ、インド香を焚くと、僕のものである静かな喜びがそこにあった。

「この旅は、存在(サット)・意識(チット)・喜び(アーナンダ)の旅であり、存在(サット)・意識(チット)・喜び(アーナンダ)の旅として終わる」

という声が聞こえてきた。それは、それ以外にはない究極の声であった。僕は観世音にお辞儀をし、それから観世音のお顔を眺めながらしばらくじっとしていた。すると昨年の十一月に東京に行った時のことが思い出された。その時、僕は西荻窪のほびっと村という所で講座というか話し合いの会を持った。帰りの電車の中で講座に出ていた人の一人と一緒になって話をしながら来た。その人は、僕の講座を聞いていて、「慈悲喜捨」という、その人の父親から教えられた言葉を思い出したという。慈悲喜捨というのは、慈と悲と喜と捨の四つに分かたれるそうである。慈とは相手を慈しんで法を説くことだと言う。悲とは相手の法(はなし)に耳を傾けて聞くことだと言う。喜とはそしてお互いに喜び合うことだと言う。捨とは、お互いに喜び合ったもののやがて別れねばならず、別れて行くことだと言う。僕はそういう説明を初めて聞き、その人の語る言葉が、まさしく観世音その人の言葉のように聞こえた。飯田橋駅だったかでその人が降りて行く時、

「ではこれが捨ですね」

と僕が言うと、

「これも捨です」

その人はにっこり笑って降りて行った。身体障害者の看護人をしているという人だった。

観世音の前に坐って、その慈悲喜捨という言葉を思い出していると、久し振りの親しい人との出会いと別れ、やがて巣立って行く筈の子供達との時と別れが、その言葉の内に包摂されていることが了解された。

すると次には、隣りの吉田部落のヒデシさんのことが思い起こされた。ヒデシさんはポンカンとタンカンを無農薬、無化学肥料で栽培しているが、それだけでは食べられないので建材関係の販売の仕事をしている。この一年程はニワトリも五、六十羽飼い始め、親しくつき合っている人である。ヒデシさんは、十五キロ程離れた宮之浦の町に仕事に出ている弟に頼んで、豆腐屋さんから毎日ニワトリのエサ用のオカラを取り寄せてもらっている。石油カンに七分目程入っているのを二カン取り寄せ、その内の一カンを僕に廻してくれている。一カンは五十円で、

僕は大変助かっている。観世音の前でヒデシさんのことを思い出したのは、そのオカラ代がもうかなり長い間たまっていたからである。いつからたまっているのか、帳面を出してみないと判らないほどだった。いくら一カン五十円とは言え、もう相当の額になっている筈だった。

「はやく払わなくちゃな」

僕は胸の中でつぶやいた。

すると眼の前で観世音の顔とヒデシさんの顔がだぶって、吉田部落のヒデシさんの家の様子が思い浮かんだ。ヒデシさんの家で、奥さんの美登子さんの手料理で焼酎を飲み、いつもめいっぱいほど、飲んで語って帰ろうとすると、

「今晩はよか晩やった」

ヒデシさんは必ず言うのだった。

「今晩はよか晩やった」

とヒデシさんは言い、大きく背伸びをしてそのまま畳にごろりと寝ることもあれば、表まで送ってくれることもある。

櫟(くぬぎ)の苗木が三百五十本、森林組合から届いていた。次の日からの仕事は、いつもの日のように山ほどあった。しかしあわてることは何もなかった。為すべきことを為し、一日一日ゆっくりと暮らしてゆく他には、為すべきことは何もなかった。僕は思わず観世音の前で大きく背伸

びをした。そして思わず口に出してつぶやいた。

「今晩はよか晩やった」

その今晩とは、ナーガ一家を宮之浦港に見送り、一日遅れで太郎の十九歳の誕生日を祝った日の夜であった。

あとがき

この本に取り組んだ約五ヶ月間、僕はもっぱら夜の時間をそれに当ててきた。初めの内は、夜の一時、二時でおさめていたが、段々それではおさまらなくなり、夜明けの四時、五時ということもめずらしくなくなった。従って、午前中は眠っていることになる。

一湊に住んでいる兄貴分の島藤さんがやってきて、

「サンセイ！　朝やっどお。まだ寝ちょっとか！」

となる。

その声を聞くと、僕はびくっとして眼が覚めてしまうが、応待を順子に任せておいて、いつしかまた眠ってしまう。山の人間が、午前中いっぱい眠っていることなど、島藤さんには許せないことであり、僕もまた僕自身に許したくないことであった。しかし逆に、山の人間であるからには、昼日中から机に向かい文章を書くことは、僕にはどうしても出来ない。昼間は山や畑や動物達にエサをやる仕事があり、文章は書けない。そこで僕は一計をめぐらし、夜は鯖(さば)釣りに出るということにした。一湊は漁師の部落であり、鯖釣りの部落である。鯖釣りは、夕方から出かけて夜明けに帰ってくる夜の仕事である。従って、漁師は昼間眠っていても少しもはじることはないし、漁師の家に朝から、

「まだ寝ちょっとか!」

と声をかける人はいない。

「島藤さんが来たら、この頃は鯖釣りに出てるもんで、って言ってやれ」

順子に僕は頼んでおいた。

しばらくして島藤さんがやって来た。島藤さんも最近は、僕が夜何をしているのか知っているので、あまり大きな声は出さず、玄関の所で順子と話をしていた。小さな声でも、島藤さんの声がすれば、僕は眼が覚めてしまう。聞くでもなく聞いていると、

「サンセイはこの頃鯖釣りに出よるっち(テ)よお」

順子が笑いながら言っている。

「なに、鯖釣りな。おい(レ)はまたバアにでも出よるんかと思いよったで。どっちでん(モ)よかが、体にだきゃあ気いつけてやらんにゃあ」

島藤さんが言っている。

「どうも、ありがとさん」

順子が言っている。

僕は以前は、バアではないがスナックの仕事を七年間くらいやっており、その仕事は仕事でやりがいのある仕事だと知っている。しかし、僕が現在やっている仕事を、鯖釣りではなくてバアの仕事だと決めつけた島藤さんのきつい冗談に、島の人の深いヴァイブレーションを感じて頭が下がった。願わくば、文章を書くという仕事が、島藤さんをして、

「山で鯖を釣るちゅうとも、なかなかえらか（大変だ）なあ」

と言わしめるほどの、実のあるものになればよいと思っている。それは僕の心がけひとつで出来る筈のものである。

僕の家の前に住んでいるチョクは、このところ毎晩本当の鯖釣りに出っぱなしである。夜中、僕は僕の仕事をしながら、時々チョクは今頃どのくらい釣っただろうかと思うことがある。夜の海の光景がちらと脳裡をかすめる。僕も敗けずに釣らなくては、と思う。しかしチョクはその同じ時間に、僕が机に向かっていることを思い浮かべ、おれも書かなくては、と思うことはないだろう。文筆はバアの仕事と同じく、言わば虚業である。しかしそれを、僕は僕自身に虚業と認めてはならない。

この本のタイトルを「狭い道」と決めたのは、ある夜マーブルの家で、アタウアルパ・ユパ

ンキのレコードを聞いていた時だった。僕は酔いが深くなるといつもユパンキを聞きたくなる。聞いていて、すごくよい曲になったのでこの曲は何という曲かとマーブルに尋ねると、

「狭い道」

とマーブルが教えてくれた。

インディオの狭い道は、今まさに日々消えて行こうとしている。僕達は、自分の足でこの道を歩くことによって、この道を楽しく平和に歩くことによって、狭い道として歩くのみならず、ひとつの道として歩かなくてはならないと思っている。

この本〔旧版〕の装幀と挿絵を引き受けて下さった真崎守さん、企画編集をしていただいた石垣雅設さんには、昨年の夏に短期間ではあったが白川山に遊んでいただき、白川の清らかな流れでソーメン流しをしたり、一日、白砂の美しい浜辺で海水浴をしたりして楽しんだ。この関係が今後も長く続き、出版という仕事をとおして、世界人類の平和と幸福に、いささかでも貢献できることを心から願うものである。

更にまた、直接編集を担当してもらった松林明代さんには、わざわざ屋久島まで原稿を取りに来ていただき、原稿の手直しその他について、一週間の泊まりこみで協力をしていただいた。この本がもしいくぶんでもすっきりした本になったとすれば、それは松林さんのおかげである。

一九八二年五月二十八日

サンセイ記

あたらしい家族論

早川ユミ

国のあり方、家族のあり方、わたしのあり方

　ちかごろの国ってなんだろうかと思う。どうも国がからむといやなイメージがします。国家の支配から遠くにくらし、できるだけ里に定住しないで、国に属さない山岳少数民族みたいに山を移動しながら、くらしたい。

　いまから三十年まえ、インドシナ半島のアカ族やカレン族やモン族やルア族の村をたずねた。彼らの国に属さない自由な生き方に興味をもちました。くらすことがしごとのまいにちから、うつくしい工芸品や衣服や布が紡がれ織られるのに、わくわくし、感動したのです。国に支配されず、国家権力にくみこまれないよう、未開の少数民族たちは土着の思想でくふうしている。

そのような智慧のある生き方は、いまでは世界的に貴重な存在なのです。

わたしは少数民族にならって、だからよく旅するし、辺境の高知に土地をみつけ、山のてっぺんに住んでいるのもそんな理由だ。国のなかでも、いちばんちいさな単位の家族は、国よりかは、私の感覚に近いけれど、いろいろとややこしい戸籍とか、家とか、制度の支配にからみとられている。

父は海外単身赴任、母は病気で入院、気がつくと弟とふたりの家族で育ち、生まれたときから空気のような家族と生きている。そもそも家族ってなんだろう。

もともと、だれかにうえから決めつけられるのが、嫌いだった。というか、衣食住くらすことはなんでもじぶんで、しなくちゃならなかったし、だからいまでもじぶんでなんとかしたいと思うようになったのです。それなのに、日本の家族のありようだけは、じぶんではどうしようもならない関係だったのです。いまの社会に抗い、家族に抗い、みんなが自由になる方法があるのなら、おしえてほしい。

そんなとき山尾三省さんの本に出会った。彼が家族との生活をとおして、伝えてくれたことは、家族とまいにちくらすことが、社会を変えるということだ。資本主義のあとの社会をみすえて、貨幣経済にどっぷりつかるのをやめて、土を耕し、いちにち、いちにちをおくるくらしが、いま、まっとうで、あたらしい。

「部族」という考え方

若いときのわたしは、家族より解放された「部族」にあこがれていました。家族のなかの閉塞感がいやで、もっとあたらしい家族のような感じがする共同体やコミューンへと気もちがうごいた。一九六〇年代から七〇年代は若者が元気な時代でした。当時、詩人の山尾三省さんやナーガ、ナナオサカキらによってつくられた「部族」というグループがありました。

彼らは、高度成長期の日本や家制度に不満をもって、家を解体して家族をこえた「部族」を名乗り、もうひとつの土着的な島や村での生き方を選んだのです。そして少数民族的な、国に属さないアナーキーな生き方をするコミューンを各地につくったのです。

ところが三省さんみずから、そのコミューンを離れて、ふたたび家族にもどり、インドやネパールへと旅をします。そして屋久島に移住し、実子とともに血のつながりのない子どもを含め九人を育てました。

「部族」にかわる、家族が、たがいに協力しあって自給自足することであたらしい生き方を模索したのです。

世界の変革をめざしたコミューンは、やがて社会から消えていきます。そのわけは、家族という根源的な問題があったことに気づいたからだ、と三省さんはいいます。

山尾三省さんの著書のなかで、家族について書かれた印象的な本が『狭い道』です。なかでも「ナシとビーナ」と題された章は、こころのなかで発酵し、ぶくぶくとからだじゅうにあふれだします。

三省さんが、「部族」の友人の子どもふたりをひきとって育てるのです。血のつながりだけが、家族をつくるわけじゃないということを、コミューン運動をとおして知っていた三省さん。自給自足の少数民族みたいな家族を生きることは、この国の社会では、生きにくい狭い道なのだ。

二〇一八年に公開された映画、是枝裕和監督の『万引き家族』は、貧困や虐待という社会問題を背景にしている。さまざまな事情をかかえて、心に傷をおう男や女、子どもたちによる血縁ではない家族の関係。祖母の年金をたよりにする生活は苦しい。足りない分を万引きで生計をたてている。だけどなにかだいじなきずな、あたたかなものでつながりあう。そんな都会のかたすみで肩をよせあうようにくらす家族を、ずいぶん逆説的に描いていました。

「捨てたんじゃない、拾ったんです。誰かが捨てたのを拾ったんです」の主人公のことばのように、お金中心の資本主義社会のなかで、見おとされてきた、あたたかな家族のあり方に、光をあてる映画でした。血のつながっていないものが、みなで力をあわせて家族のように共生する生き方は、かつての「部族」のようです。まるで次の時代のコミュニティを示唆しているような気がしました。

わたしと家族

じつは、わたしも若いころ「工房地球号」というものつくり集団をつくりました。三省さんの「部族」の影響をうけてか、同じ時代に「アリス・ファーム」や「オークビレッジ」など家族と家族以外のひとの、ものつくりの共同体ができていました。

けれども結婚して子どもが生まれると、いやおうなく家族としての生き方を選ぶことになりました。子育てには、家族がひつようだったからです。

そうしてテッペイといっしょにくらしはじめたのですが、この三十年間は家族ってなんだろうかと、ずっとずっと考えています。血のつながりだけの家族は閉鎖的で、息がつまりそう。「部族」のように、いろんな関係のひとがはいったほうが風通しもいい。できるだけ、居候（いそうろう）や弟子（でし）たちとともにくらしてきました。

現代のいまも、かつての家制度のなごりをひきずっている日本の家族にはアレルギーがあるのだ。なんと家制度は明治時代につくられた古い制度なんです。いまだに男の家父長制的な感じが、社会ぜんたいおじさんな社会をつくっている。おじさんの政治、おじさんの会社だ。そんなおじさん社会を壊して、ぜんぶ、あたらしくしたい。

戦後は女性参政権や日本国憲法の施行にともなって、廃止されたけれど、いまもなお慣習のように戸籍制度や夫婦同姓などが残っています。夫婦別姓も、おじさんの政治家がなかなかみとめようとしない。

わたしは結婚してからも、夫婦別性のまま。子どもにもユミ、テッペイとよばせたのも、役割としてのおかあさんより、なまえで呼んでほしかったのです。女も男とおなじように、しごともくらしもわかちあうフェミニズムの考え方に共感しました。

ケンカしながら、テッペイとしごとの分担やお金の問題について、こたえを探しました。お手本になる家族のかたちが、どこにもなかったから、いちからつくるしかなかったんです。

やがて家にかかわるお金はすべて、半分ずつ負担すること、くらしのしごと＝家事のうち、朝ごはんや洗濯はテッペイ、昼夜ごはん、そうじはわたしがするという分担が約束ごとになりました。

あるときテッペイの父セツローさんに「いっしょにくらしたい?」ときかれて、元気なうちは別々がいいとこたえた。夫婦ふたりの家族がいいと思っていたから。

ところが五年まえの二〇一三年、突然セツローさんといっしょに住むことになりました。脳梗塞をおこして、からだが不自由になったからです。そのころからテッペイやわたしのお弟子もふえて、まいにち十人前後のごはんをつくっていました。

ちいさな畑でも採れる野菜は、たべきれないほどです。農家のような大家族へのあこがれが、じょじょにわいてきました。収穫期には、たべてくれるひとがいると、ほんとうに助かります。えんどう豆やそら豆の皮むきをセツローさんが楽しそうに手伝ってくれました。

セツローさんがやってきて、いろんな世代のひとがいると、ちがう意見があったりしても、みとめあうことができて、いいものだと思いました。おなじ世代のひとだけだと、議論が過激になりがちです。セツローさんがいると深みのある会話になるのです。わたしやテッペイの子どもたち、弟子や居候もいて、血縁だけじゃない家族のかたちができあがりました。部族のような家族のくらしを選んだのです。

家族は共に産みだす、ちいさな共産主義

家族という集団は、共になにかを産みだすことができる。そういったのは、文化人類学者のデヴィット・グレーバーです。『アナーキスト人類学のための断章』『資本主義後の世界のために——新しいアナーキズムの視座』という本のなかで、いまこの瞬間わたしたちは、資本主義

の社会に生きているけれど、家庭のなかだけはお金の世界じゃない、共産体制のくらしだという。

くらしのなかに、薪をつくったり、薪の窯たきや、果樹園での収穫や日本みつばちのはちみつ採り、ちいさな畑での収穫などのしごとや共同作業をとおして、わたしや家族たち(居候や友だちも)が、共につくり、産みだしているものが、たくさんあると気づきました。野菜やみそや梅干しや漬物、ジャムやはちみつ、もんぺや器、燃料の薪などです。

それらをみると、家族はたしかに共に産みだす、共産主義。くらしとしごとがいっしょなので、できることがたくさんあります。そう思うと、家庭のそとは資本主義社会だけど、家族のなかは、お金から解放されて、たしかにすこし自由になれて、楽しくうれしくなります。

マルクスやエンゲルスの共産主義の思想は、社会のような大きな集団では、強制的でうまくいかなかったけれど、家族のようなちいさな集団のなかでは、とてもかんたんに実現できるのです。

わたしが子どものころは、服は母が縫い、たべものはちいさな畑でつくり、保存食、梅干しや漬物やみそ、とうふやこんにゃくもつくっていました。

現代の社会では、家庭は消費する場になってしまいましたが、かつて、家庭こそは生産する場だったのです。

たとえば、家族のなかで、協力しあって薪をつくる、野菜をつくる、家族の服をつくっても、いちいちお金はもらいません。資本主義社会のなかにあっても、家族や友だちは贈与しあい、相互扶助しあって、くらしを共生しています。沖縄では、昔から家族や友だちのあいだに、ユイマールという助けあいの習慣があるそうです。

ちいさな自給自足をすることで、おくりものをしあい、たがいに扶助しあう原始共産制のような土着的なくらし。この生き方は、資本主義後の世界を変える、とても良い方法だと感じるのです。

戦争の暴力が連鎖する、家族

いっぽう、平和な社会にするには、閉ざされた家庭のなかの暴言や無視、暴力の根っこをなくさなくてはなりません。日本に特有な、戦前の家制度がつくった男社会は、目には見えないけれどいまも続いています。家庭のなかの暴力、幼児への虐待など、暴力の連鎖。これらは日本がさきの戦争に負けたことにもひとつの原因があるのではないかと、わたしは考えています。

戦争は暴力の最たるものです。おそろしい戦争のできごとは、みえない暴力となって、戦後もひとびとのこころに、しこりとなって、残ってきました。戦争のまえとあとで社会も教育も、すっかり変わりました。アメリカの民主主義や個人主義がうえからやってきました。でも、急にきょうから、あたらしいわたしや、家族や社会になれるはずがありません。男たちは天皇を頂点とした家父長制のなかで、戦争と家族のあいだで、ひととしてのありようを考え直し、路頭に迷ってしまったのではないでしょうか。

わたしの祖父から父母の世代にまずうけつがれ、こんどは、子どもたちであるわたしへと。そしていまの若者の世代へと内在する戦争の根っこである、家庭のなかの暴力性。

戦争に負けたことから、国は、みずから戦争の暴力を反省することもないまま、きょうまでくらしています。アジアのひとびとに植民地支配したことを本心から謝罪したわけでもありません。また戦争に負けた男たちが、そうしてさいごに、いきばのない怒りを、ぶつけたのが家庭のなかの家族、弱い立場の女や子どもだったのです。

戦争中も女たちがごはんをつくり、たんたんとくらしてきた、家族がまもってきたもの、閉ざされた家族からの解放。もっと家族について議論し、自由に、風通しよくするひつようがあると思うのです。

日本のジェンダーフリーがすすまない理由は、こんな根深い問題があるのではないでしょうか。

部族のように生きる

山に夕闇がせまる
子供達よ
ほら　もう夜が背中まできている
火を焚きなさい
お前達の心残りの遊びをやめて
大昔の心にかえり
火を焚きなさい

——山尾三省「火を焚きなさい」

三省さんの「火を焚きなさい」という詩。お風呂の火を焚くのは、子どもたちのしごと。部族にとって、火は原始の火で、火を焚けると一人前とみなされる。また家族で海にでかけ、イソモンという貝採りや風呂の薪ひろいにでかけたりする狩猟採集のくらし。
狩猟採集生活や自給自足の生活こそ、国家や資本主義社会に抗う、ちいさな原始共産主義です。きっと三省さんがめざしていたのは、お金中心の資本主義の体制から解放された部族のような家族なんだな。

国や政治にたよらず、たがいに助けあい、ともに産みだす、おくりものによる経済の社会。もうひとつのあたらしい生き方が、いまの社会のなかで、すこしずつ実現しています。それが、かつての原始共産主義や贈与や相互扶助だなんて、だれも知らない。だけどすでに、都会でも田舎でもあたらしいコミュニティを模索するひとたちが、みずから実践しているし、みんなが楽しそうにやっていることなのです。

なにかに反対する政治的な運動じゃなくて、日々のくらしのなかから社会を変えていく。わたしのくらしが変われば、社会が変わると、土を耕し、火を焚く。家族のくらしは、社会問題や経済問題や男女差別とさまざまな問題につながっています。

先駆けだった三省さんは、農的な自給自足を理想とする家族のくらしのなかで、国家や資本主義社会の権力に抗うひとでした。哲学者の鶴見俊輔さんによると「権力による強制なしに人間がたがいに助けあって生きてゆくことを理想とする思想」がアナーキズムというらしい。

なんだか、まるで三省さんのことのようだ。国の権力から自由になる生き方をした三省さんがめざした社会こそアナーキズムの社会だったのではないか。山岳少数民族のように国や政府に属さない生き方が、家族のような部族、部族のような家族がめざしたところだったのではないかと、すとんと、ふにおちた。

まず「火を焚きなさい」。そして家族も家族じゃないひとも、ともに、土を耕す、たましいを生きる「狭い道」*からはじめよう。

部族のように生きるための、アナーキストの家族生活を。

*広い道とは、社会に生きるおおくのひとの道、狭い道とはたましいを生きるひとの道だとアイヌのシャーマンのアシリ・レラさんにおそわった。

はやかわ・ゆみ／布作家。一九五七年生まれ、高知県在住。著書に『種まきノート』『野生のおくりもの』（以上、アノニマ・スタジオ）、『からだのーと』（自然食通信社）など。

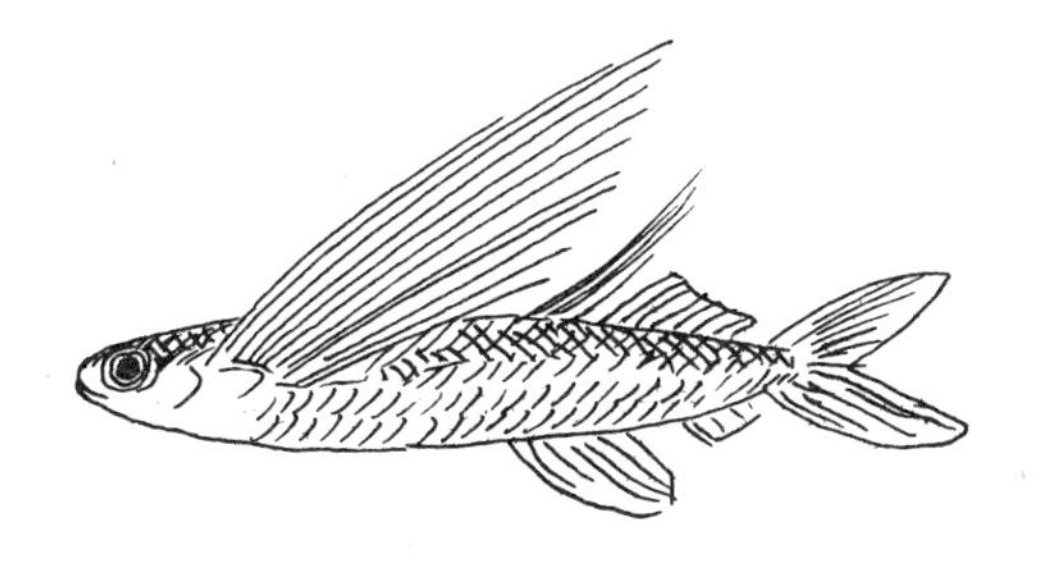

山尾三省◎やまお・さんせい

一九三八年、東京・神田に生まれる。早稲田大学文学部西洋哲学科中退。六七年、「部族」と称する対抗文化コミューン運動を起こす。七三～七四年、インド・ネパールの聖地を一年間巡礼。七五年、東京・西荻窪のほびっと村の創立に参加し、無農薬野菜の販売を手がける。七七年、家族とともに屋久島の一湊白川山に移住し、耕し、詩作し、祈る暮らしを続ける。二〇〇一年八月二十八日、逝去。

著書『聖老人』『アニミズムという希望』『リグ・ヴェーダの智慧』『南の光のなかで』『原郷への道』『インド巡礼日記』『ネパール巡礼日記』『ここで暮らす楽しみ』『森羅万象の中へ』『狭い道』『野の道』（以上、野草社）、『法華経の森を歩く』『日月燈明如来の贈りもの』（以上、水書坊）、『ジョーがくれた石』『カミを詠んだ一茶の俳句』（以上、地湧社）ほか。

詩集『びろう葉帽子の下で』『祈り』『火を焚きなさい』（以上、野草社）、『新月』『三光鳥』『親和力』（以上、くだかけ社）、『森の家から』（草光舎）、『南無不可思議光仏』（オフィス21）ほか。

装画・イラスト――nakaban
ブックデザイン――堀渕伸治◎tee graphics
本文組版――tee graphics

新版 狭い道 家族と仕事と愛すること

一九八二年六月三十日 第一版第一刷発行
二〇一八年十二月三十一日 新版第一刷発行

著者 山尾三省
発行者 石垣雅設
発行所 野草社
東京都文京区本郷二-五-一二 〒一一三-〇〇三三
電話 〇三-三八一五-一七〇一
ファックス 〇三-三八一五-一四二二
静岡県袋井市可睡の杜四-一 〒四三七-〇一二七
電話 〇五三八-四八-七三五一
ファックス 〇五三八-四八-七三五三
発売元 新泉社
東京都文京区本郷二-五-一二 〒一一三-〇〇三三
電話 〇三-三八一五-一六六二
ファックス 〇三-三八一五-一四二二
印刷・製本 萩原印刷

ISBN978-4-7877-1888-4 C0095